다시
동화를 읽는다면

다시
동화를 읽는다면

우리 시대 탐서가들의 세계 명작 다시 읽기

고민정 권오준 김웅교 김용언 김진애 김혜리
류동민 안미란 안소영 오영욱 우석훈 이용훈
이정모 장석준 정혜윤 황경신 홍한별 지음

반비

최초의 아름다움,
최초의 윤리에 대하여

제가 어렸을 땐 어린이용 세계 명작을 전집으로 사는 것이 꽤 유행이었던 것 같습니다. 책을 파는 영업사원이 있었고 그분들이 집집마다 돌아다니면서 마치 지금 보험 상품을 팔듯이 책을 팔았던 것 같습니다. 거실에 앉아서 책 파는 영업사원이랑 엄마가 이야기를 나누던 풍경이 지금도 눈에 선합니다. 그 영업사원은 좀 뚱뚱했고 와이셔츠를 입고 있었고, 더운지 연신 손수건으로 땀을 닦고 있었습니다. 계몽사란 출판사가 기억이 납니다. 그리고 금성출판사도 있었던 것 같고요. 저희 집에도 그런 전집이 적어도 두 세트는 있었습니다. 책장은 거실에 있었는데 저희 부모님은 어느 정도는 책을 인테리어 용품으로 생각했던 것 같습니다. 책은 책장에서 수년간 모은 술병이나 수석이나 돌하르방 같은, 당시만 해도 이색적인 기념품들과 모조 도자기들 옆에 당당히 자리를 차지하고 있었습니다. 그렇다고 저희 부모님이 책을 인테리어 용품으로만 생각한 것은 아니고 아주 귀하게도 생각했습니다. 나중에는 아빠도 책을 전집으로 사기 시작했는데 그 책들은 번호가 뒤섞이는 법 한 번 없이 늘 소중하게 관리되었던 것 같습니다.

시간이 흐르면서 저는 자연스럽게 어린이 책에서 어른 책으로 손길을 뻗게 되었습니다. 그렇지만 사실 오랫동안 책보다는 텔레비전에서 방영해주던 「말괄량이 삐삐」나 「아톰」의 영향을 더 많이 받았던 것 같습니다. 저는 삐삐가 좋았습니다. 삐삐 같은 여자애가 있다는 게 참 신기했습니다. 해적의 딸인 것도 맘에 들고, 부모와 같이 살지 않는 것도 맘에 들고, 친구가 있는 것도 좋아 보이고, 달걀 프라이를 엄청나게 부쳐 먹는 것도 좋고, 집 안 가득 황금을 보관하고 있는 것도 좋았습니다. 다만 신발과 헤어스타일, 주근깨는 그다지 좋아 보이지 않았습니다. 아톰은 로봇이긴 한데 슬픔을 아는 로봇 같아 보였습니다. 제 기억이 맞는다면 아톰이 나뭇잎이 떨어지는 것을 보고 슬퍼하는 장면이 있었습니다. 아톰이 "로봇인 내가 눈물을 흘리는구나!" 같은 대사를 했던 것 같은데 저도 괜히 같이 슬퍼졌던 기억이 납니다.

책 읽기에 흥미를 느낀 최초의 계기는 별다른 게 없습니다. 그일은 어느 겨울밤에 시작되었습니다. "이제 그만 이 닦고 불 끄고 자야지!"란 말을 들은 뒤에 부모님 방에 불이 꺼졌는데 너무 심심한 겁니다. 당시에 낮에는 주로 종이 인형 놀이를 했는데,(학교 앞 문방구에서 종이 인형을 팔았는데 그걸 오려서 캐릭터 놀이를 하는 것입니다. 대개 인기 '짱'인 여학생이 아주 예쁜 옷을 입고 파티에 가서 또 인기를 끄는 내용이나, 평범한 여학생이 밤에는 공주로 변신한다는 내용 같은 것을 지어내서 놀았습니다.) 겨울이니까 엄마가 명주솜 이불을 해줬습니다. 아주 무거운 이불이었는데 그 안에서 몸을 웅크리면 둥글게 동굴 모양이 만들어집니다. 나만의 '알라딘의 동굴'이죠. 처음엔 그 안에서 손전등을 켜고 인형 놀이를 했는데 그것도 슬슬 지겨워지자 책을 읽기 시작했습니다.

특히 무서운 책이나 액션 스릴러를 읽을 때 겨울밤의 어둠은 더욱 더 효과적인 배경이 되었습니다. 『프랑켄슈타인』이야말로 이불 동굴에서 제가 처음 만난 공포 소설이었습니다. 무덤을 파내 시체의 피부나 눈을 꺼내서 그것을 누더기처럼 덕지덕지 기운 사람의 몸이라니요. 정말로 무서웠습니다. 『셜록 홈즈』도 좋아했습니다. 가난한 소년들이 "호외요!" 하고 신문을 뿌릴 때 그 소년들은 얼마나 중요해 보이던가요? 『셜록 홈즈』를 읽으면서 마차의 덜컹거리는 소리도 상상해보고 너도밤나무도 상상해보고 눈에 찍힌 발자국도 상상해보면서 그렇게 밤은 깊어갔던 것 같습니다. 아서 코난 도일 Arthur Conan Doyle이 셜록 홈즈 대신 공룡을 등장시킨 소설 『잃어버린 세계를 찾아서』도 기억에 강렬하게 남아 있습니다. 그 책은 반은 어른이고 반은 아이인 사람들을 위해 썼다고 아서 코넌 도일이 밝히고 있었는데 당시에는 그 말을 이해하지 못했습니다. 반은 인간, 반은 물고기인 인어 공주를 믿느냐 마느냐가 심각한 문제였던 것처럼, 반은 어른이고 반은 아이인 것도 믿음의 문제라고 생각했던 것 같습니다. 상체는 어른, 하체는 아이 이런 식으로요.

이불 동굴에서 발견한 책의 즐거움

그런데 문제는 한밤중에 책을 다 읽어버렸을 때면, 꼭 한 권 더 읽고 싶은 욕망이 생긴다는 겁니다. 한겨울 밤이고 거실까지 이어지는 복도는 차갑고 어둡고 책은 거실에 있고 책을 가지러 갈 용기가 나질 않는데 읽고는 싶고. 그럼 저는 옆방의 벽을 주먹으로 두드립니다. "오빠, 오빠, 대답하라." 그럼 조금도 친절하지 않은 오빠는 짜증을 냅니다. 저는 대개 미끼를 던집니다. "오빠, 구슬 줄게.", "오빠, 남겨놓은 빵 줄게." 우리 오빠는 친절하지는 않았어도 귀는 얇았기 때문에 제 방에 와서 손전등을 들고 저를 거실에 데려다줬습니다. 불친절한 오빠는 다행히 의리는 있었습니다. 제가 책을 고를 때 옆에 서서 책의 제목들에 손전등을 비춰줬습니다. 책의 제목에 내리꽂히던 손전등의, 레몬 껍질 같은 강렬한 노란 불빛은 지금까지도 제게 하나의 아름다운 이미지로 남아 있습니다. 책의 제목만 환하고 거실은 어둠 속에 있습니다. 우리는 범행을 저지르는 것처럼 침을 삼키는 것도 조심합니다. 그럴 때 불빛 아래서 도드라져 보이는 제목들은 너무나 유혹적이어서 저는 어느 것을 골라야 할지 망설

일 수밖에 없습니다. 읽었던 책의 제목이 다시 눈에 들어오면 막연하게 슬퍼지기도 했습니다. 책 내용들이 기억날 때였죠.『플랜더스의 개』나『안데르센 동화집』같은 책이 그런 느낌을 줬습니다. 성냥팔이 소녀는 추운 밤에 성냥불을 켜죠. 그 불빛 아래 크리스마스트리가 나오고 칠면조구이가 나오죠. 저는 칠면조구이를 한 번도 먹어본 적이 없는데도 군침을 삼킵니다. 제가 일평생 먹고 싶었던 게 바로 칠면조구이였던 것만 같습니다. 저는 성냥팔이 소녀와 환상을 나누어 갖습니다.

지금 생각해보면 저는 안데르센Hans Christian Andersen의 동화에 빚진 게 많습니다. 최초의 아름다움, 최초의 윤리 같은 거죠. 엄지 공주가 누워 자던 호두 껍질 침대, 장미 이불, 제비꽃 담요, 그리고 또 벌거벗은 임금님이 입었던 거미줄로 짠 옷감. 이런 것은 제 누추한 머리로는 상상할 수가 없는 것이었죠.『인어 공주』를 읽지 않았다면 목숨을 거는 사랑에 대해 몰랐을 테고『미운 오리 새끼』를 읽지 않았다면 고생이 끝난 후에 찾아오는 기쁨에 대해서 한참 뒤에 알았겠지요. 저는 나중에 커서 한동안 별명이 겔다였습니다. 친구들이 '겔다병'을 앓는다고들 놀렸습니다. 겔다는 안데르센의 동화『겨울 여왕』에서 친구를 구하러 세상 끝까지 여행을 떠난 용감한 소녀입니다. 제가 만약『겨울 여왕』을 읽지 않았다면 친구를 구하러 세상 끝까지 떠나는 여행에 대해 상상이나 해볼 수 있었겠습니까?

톰 소여를 닮았던 서울내기 소년

옆으로 이야기가 새버렸네요. 하여간 그렇게 손전등으로 비춰서 읽은 책 중에 『톰 소여의 모험』이 있었어요. 톰과 허클베리, 참 좋은 한 쌍이죠. 『톰 소여의 모험』에서는 한 장면을 특별히 좋아했습니다. 톰에겐 짝사랑하던 예쁜이 베키가 있었습니다. 그런데 그 베키가 쉬는 시간에 선생님의 물건을 만졌다가 깨트리고 맙니다. 톰은 항상 베키를 지켜보고 있었기 때문에 소녀의 범행을 압니다. 교실에 돌아온 선생님은 누가 그랬냐고 노발대발하죠. 베키의 얼굴은 빨개졌거나 아니면 하얗게 질렸겠지요. 그런데 그때 톰이 분연히 떨쳐 일어나 베키의 죄를 뒤집어씁니다. 톰은 선생님에게 실컷 얻어맞습니다. 물론 베키가 그것을 높이 평가하고 둘이 연인이 되지는 않습니다. 저는 베키의 무정함이 괘씸했고 반대로 톰에게는 한없이 관대해졌습니다. 톰을 알고부터 내 옆에 있는 남자애들이 더없이 한심하게 느껴졌습니다. 고자질로 날밤 새우는 녀석들이었으니까요. 그러나 저는 책 덕분에 우리 반 남자들과는 다른 남자들이 이 세상에 존재한다는 것을 알게 되었습니다. 지금 이곳엔 없지만 세상 어딘가에 나를 위해 분연히 떨쳐 일어날 남자가 있으리란 것, 그것 하나만은 희망으로 남겨뒀습니다.

저는 황순원의 『소나기』에서처럼 얼굴이 하얀 서울내기가 전학 오기를 고대했습니다. 물론 여학생 말고 남학생으로요. 그런데 놀랍게도 정말로 그런 일이 벌어졌습니다. 신의 섭리는 위대하십니다. 얼굴이 하얗고, 손톱 밑에 때가 끼지 않은 남학생이 전학을 온 것입니다. 그런데 그 애는 전학 온 날 자기소개를 할 때 책을 좋아한다고 말하는 겁니다. 그걸 알자 저는 좀 더 책을 좋아하게 되었습니다. 저는 봄이 가고 여름이 와도 솜이불을 고집해서 엄마에게 야단을 맞았습니다. 저희는 아주 빠른 시간 내에 나름대로는 은밀하게 가까워졌습니다. 그러니까 그것이 초등학교 6학년 때의 일입니다. 그는 저에게 『삼총사』나 『몽테크리스토 백작』 같은 책을 빌려줬습니다. 물론 그 책들은 우리 집에도 있었지만 저는 기왕이면 내 남자로 내심 점찍어둔 남자의 손길이 묻은 책으로 읽고 싶었기 때문에 언제나 우리 집엔 책이 없는 척했습니다.

그는 내게 정말 톰이 되어주었습니다. 운동장에서 저를 기다리고 집까지 같이 걸어가고 신발주머니를 들어주고 집에서 사과를 가져다주고 대문 앞에서 휘파람을 불며 왔다 갔다 하고.(톰처럼 물구나무를 서지는 않았습니다.) 저희가 이렇게 가까워지던 어느 날, 학부모 모임이 있었습니다. 그 자리에서 그 아이의 엄마와 우리 엄마는 처음 만났습니다. 그러나 그 둘은 사실 처음 만난 것이 아니었습니다. 정말이지 처음 만나는 사이였다면 얼마나 좋았겠습니까? 두 사람은 고등학교 친구였습니다……가 아니라 고등학교 시절의 원수였던 것입니다. 한 사람은 공부를 아주 못하는 부잣집 딸이었고 한 사람은 공부를 아주 잘하는 가난한 집 딸로서 둘은 끝없이 각자의 약점을 폭로하며 지루한 학창 시절을 견뎌나갔습니다. 두 사람에 겐 상대방을 비난하는 일이 낙이자 프라이드 유지 비법이었습니다. 여고를 졸업할 무렵 두 사람의 인생 목표는 "내가 적어도 너보다는 잘산다."는 것이었습니다.

그런 두 사람이 십수 년이 흘러서 아이들의 교실에서 조우한 것입니다. 첫눈에 두 사람은 둘의 처지가 비슷하다는 것을, 그러니 까 각자의 인생 목표가 실패했다는 것을 알아챘습니다. 두 사람의 인생은 갑자기 바빠졌습니다. 다시 인생 목표를 가동했으니까요. 두 사람은 놀라운 활력을 보이기 시작했습니다. 그 뒤로 제가 집에 서 겪은 고초는 필설로 다 말할 수가 없습니다. 저는 집 밖으로 나 갈 때마다 "어딜 가냐?", "누굴 만나냐?" 하는 말을 들었습니다. 학 교에선 반드시 일등을 해야만 했습니다. 저는 우리 엄마의 인생 목 표를 위해서 꼭 일등을 해야만 했습니다. 우리 엄마는 제가 코피를 쏟으면 펄 듯이 기뻐했습니다. 그 시절에 우리 엄마는 나에게 온갖 과외를 시키기 시작했습니다. 전 과목 과외에, 미술 학원에, 피아노 학원에……. 저는 그 와중에도 은밀히 그를 만났습니다. 은밀히 만 나는 것의 짜릿함도 알게 되었습니다. 성경 말씀에 '신랑은 도둑처 럼 온다.'는 구절이 혹시 있던가요? 그는 늘 도둑처럼 왔습니다. 그 러던 어느 날, 하루는 저의 톰이 휘파람도 불지 않고 저를 뒷산으 로 불러냈습니다. 그날따라 소나무들마저 기상을 잃고 추레해 보 였습니다. 그 직전 시험에서 저는 그를 앞질렀습니다. 앞지르고도 가슴이 뜨끔했습니다. 그가 집에 가서 당할 고초를 생각하니 슬펐습니다. 저는 밤새 더더욱 하얘진 그의 얼굴을 보고 직감했습니다. '우리에게 이별이 다가왔구나'. 그는 슬퍼 보였고 별 말 없이 꽃무늬 포장지에 싼 선물을 건넸습니다. 이별 선물이었던 것입니다. 바스락대는 촉감이 좋았습니다. 그는 제가 선물을 받아들자마자 손등으로 눈물을 쓱 훔치며 후다닥 산 아래를 향해 뛰어갔습니다. 저는 영화에서처럼 "안 돼." 하며 쫓아가지 않았습니다. 울지도 않았습니다. 일단 그 자리에 서서 선물 포장지부터 뜯어보았습니다. 선물은 한 권의 책이었습니다. 그게 뭐였을까요? 선물은 바로 윌리엄 셰익스피어William Shakespeare란 분이 지은 『로미오와 줄리엣』이었습니다. 저는 그 순간 책이 싫어졌습니다. '쳇, 책 선물이라니!' 그와 헤어진다고 생각하니 책도 싫어졌습니다. 저는 집에 돌아와서 몇 날 며칠 책을 팽개쳐두고 쳐다보지도 않았습니다. 그렇지만 다시 이불 동굴에서 그 책을 읽다가 알게 되었습니다. 아, 가문의 반대로 헤어져야만 했던 남녀의 이야기. 그건 이탈리아 베로나의 일만은 아니었던 것입니다.

저는 그날도, 그다음 날도 못 다 이룬 사랑을 위해 죽지는 않았습니다. 그렇지만 그 덕에 아주아주 오랜 시간이 흐른 뒤에야 그 친구에게 진정으로 감탄할 수 있게 되었습니다. 그는 어떻게 그 어린 나이에 수세기 전 책 속의 일이 바로 이 땅에서도 벌어질 수 있다는 것을 알아챈 걸까요? 책이 우리의 이야기란 걸 어떻게 알았을까요? 그는 어떻게 우리의 짧고 슬픈 사랑을 위대한 세계문학의 반열에 올려놓을 생각을 했을까요?

어린 시절의 독서는 영원히 살아남는다

어린 시절에는 책을 대개 요약본으로 읽기 때문에 그 내용의 완전함 때문에 그 책이 기억에 남는 것은 아닐 겁니다. 완전한 이해나 깨달음 때문도 아닐 겁니다. 아마 최초의 그 무엇으로 어떤 원형을 이루겠지요. 저는 어린 시절의 독서는 '공감'이나 '상상력', '호기심'과 관련된 것일 거라고 생각합니다. 독서가 그것들의 원형을 이룬다고 생각합니다. 공감 능력이란 뭘까요? 다른 사람에게서 자기 자신을 발견할 가능성에 마음을 열어놓는 겁니다. 나라면 어떨까 하는 생각을 해보는 겁니다. 우리는 최신 상품 덕택에 수많은 정보와 이미지를 접하게 되었지만 그 대신 귀중한 것들을 잃어버렸습니다. 우리가 잃어버린 것 중 하나는 다른 사람의 마음에, 다른 사람의 기쁨과 슬픔에 접속하는 능력입니다. 책을 읽는 동안 우리는 어떤 것은 이해하고 어떤 것은 지루해합니다. 그렇지만 문장의 표현이 어떻더라도, 주인공이 누구더라도 그 안에는 인간적인 호소가 담겨 있기 때문에 계속 읽어나갈 수 있는 것 같습니다. 사실 어려서는 어른들보다 그런 일들을 더 잘해내는 것 같습니다. 우리 어른들도 책을 읽을 때는 다시 어린이로 돌아가면 좋겠습니다. 다시 귀를 쫑긋하면 좋겠습니다. '책 따위야 남이 지어낸 이야기인데.' 하고 생각하지 않았으면 좋겠습니다.

저는 『로미오와 줄리엣』을 선물해준 제 친구를 몇 년 전 제 책 『삶을 바꾸는 책 읽기』를 낼 무렵 오랜만에 떠올려봤습니다. 곰곰이 생각해보면 그 친구가 제 최초의 책 스승이었던 것 같습니다. 『로미오와 줄리엣』은 그 뒤로도 몇 번이나 읽었지만 아직도 내용을 다 이해하지 못하고 있습니다. 다만 책을 남의 이야기로 받아들이지 않았던 한 순진하고 착한, (그래서 슬퍼진) 얼굴이 하얀 남학생이 얼마나 훌륭한 독자였는지는 알 것 같습니다. 그 덕분에 저도 모르는 새, 책을 읽는 기술을 배운 셈입니다.

마침 저는 특별한 계기가 있어서 동화책을 다시 읽기 시작했습니다. 그러면서 생각했습니다. 어쨌든 저는 인어 공주도 아니고 그것이 지어낸 이야기에 불과하다는 걸 알지만 『인어 공주』를 계속 읽겠습니다. 뭔가를 얻기 위해선 대가를 치러야 한다는 것을 알게 해주니까요. 저는 빨간 망토를 입은 소녀는 아니지만 『빨간 망토』를 계속 읽을 것 같습니다. 세상엔 친절한 할머니의 목소리를 내는 늑대가 우글거리니까요. 저는 아기 돼지는 아니지만 『아기 돼지 삼형제』를 읽겠습니다. 내 집을 부서뜨리거나 나를 잡아먹으려고 호시탐탐 기회를 엿보는 늑대가 우글거리니까요. 제가 드라큘라는 아니지만 『드라큘라』를 읽겠습니다. 아무리 오래 살아도 영혼이 없으면 남들의 피나 빨아먹고 살 수밖에 없단 걸 알려주니까요.

어린 시절의 독서는 우리에게 영원히 살아남아 있습니다. 이것은 최초의 나, 벌거벗은 나라는 인간이 어떻게 세상을 알게 되었나, 어떻게 남의 마음을, 다른 세상을 상상하게 되었나와 관련이 있을 겁니다.

정혜윤 | CBS 프로듀서, 작가*

* 「김어준의 저공비행」, 「공지영의 아주 특별한 인터뷰」, 「행복한 책 읽기」, 「김미화의 여러분」 등 다양한 시사 교양 프로그램과 다큐멘터리, 음악 프로그램을 만들었다. 독서광들의 열렬한 지지를 받는 작가, 서평가로도 활발히 활동하고 있다. 지은 책으로 『그의 슬픔과 기쁨』, 『세계가 두 번 진행되길 원한다면』, 『그들은 한 권의 책에서 시작되었다』, 『삶을 바꾸는 책 읽기』, 『사생활의 천재들』 등 다양한 책이 있다.

차례

1부   유년의 영혼은
명작과 함께 성장한다

보리와 임금님

엘리너 파전 지음 | 신지식 옮김 | 계몽사 | 1977

한 번도 괴물을
마주치지 않은 것처럼

김혜리 《씨네21》 기자

서울에서 태어나 역사를 공부하고 영화 잡지 기자가 되었다. 《씨네21》을 만
드는 과정에서 쌓인 글을 묶어 리뷰집 『영화야 미안해』와 인터뷰집 『그녀에
게 말하다』, 『진심의 탐닉』을 냈다. 에세이들을 묶어 낸 책으로는 『영화를 멈
추다』, 『그림과 그림자』가 있다.

책상 위에 나란히 놓인 두 권의 책은 벗어놓은 신발 한 켤레처럼 보인다. 둘은 짝짝이다. 관계를 따지면 한 권이 나머지 한 권의 부분집합이다. 『보리와 임금님』은 영국 작가 엘리너 파전Eleanor Farjeon이 스물일곱 편의 동화를 직접 골라 묶은 『The Little Book Room』(The New York Review of Books, 1955) 중 열두 편을 추려 번역한 책이다. 두 권 중 어느 쪽도 나의 유일한 『보리와 임금님』은 아니다.

경위는 이러하다. 많은 가정의 아동 도서가 겪는 운명에 따라, 거듭된 이사의 북새통 와중에 『보리와 임금님』은 사라졌다. 열여덟 살 무렵 헌책방에서 지금 손에 있는 『보리와 임금님』을 구했고, 십여 년이 흘러 해외 도서 구매가 손쉬워졌을 때 원서를 샀다. 헌책방에서 산 문고판은 어린 날 읽은 책과 내용은 동일했지만 표지와 일러스트레이션이 처음 보는 그림이었다. 에드워드 아디존Edward Ardizzone의 오리지널 삽화가 빠진『보리와 임금님』은 내게 '보리 없는 임금님'이었고 그래서 애서가도 아닌 나로 하여금 굳이 영문판까지 구하도록 떠밀었다. 요컨대 내가『보리와 임금님』의 독서를 '완벽한 고증'으로 재현하려면 번역본을 읽다가 재빨리 옆에 펴둔 영문판 해당 페이지의 삽화로 시선을 옮겨야 한다. 누가 보면 굴비한 번 쳐다보고 밥 한 술 뜨기를 반복하는 우스꽝스러운 광경이지만 달리 방법이 없다.

책을 사들이는 열의는 보통 지적 호기심과 동일시되지만, 거기에는 적잖은 물욕物慾이 포함돼 있다. 책에 관한 물욕은 두 갈래다. 하나는 취향에 흡족한 옷가지나 일습의 예쁜 그릇으로 장롱과 선반을 채우고 싶은 욕심과 일맥상통하는 쇼핑 욕구다. 이 부류의 물욕은 어른이 되어 들춰보지도 못한 책이 책장에 늘어갈수록 절감하게 되는데, 소비의 결과가 통상 그러하듯 약간의 허무와 자괴감을 남긴다. 두 번째 물욕은 말 그대로 책의 물성物性에 대한 욕망으로 식욕과 비슷하다. 씹어서 맛보고 향을 들이쉬고 소화해야 성이차는 이 욕망은 그 책의 '몸'을 필수적으로 원한다. 표지, 삽화, 종이의 촉감과 냄새 같은 책의 물성까지 취해야 성이 차는 이 허기는 전자책이나 복사본으로는 채워지지 않는다. 책의 아날로그적 물성은 보편적으로 중한 가치지만, 내 경우 후자의 물욕은 스무 살 이전에 몰입해 읽었던 책에만 한정적으로 작동한다. 어린 시절에 읽은 책의 '몸뚱이'가 중요한 까닭은 내가 그 책들을 읽지 않고 씹어 먹었기 때문일 것이다. 오감을 총동원해, 나라는 인간을 형성하는 물질로 흡수해버렸기 때문이다. 성인이 된 다음에는 불가능해진 독서법이다.

슬프게도 지금의 나는 책과 멀어졌다. 한 권도 읽지 않고 일주일이 지나는 일이 흔해졌다는 뜻만은 아니다. 이제 책들은 나를 유유히 통과해간다. 나는 참조할 대목에 밑줄을 치거나 '이의'를 적은 접착 메모지를 붙인 다음, 겉장을 덮는다. 아무리 명철한 사유와 숨 막히는 묘사를 발견해도 저장해둘 뿐, 그날 오후에 할 일, 이튿날 내가 만날 사람들과 책을 직결시키지 않는다. 어린 독자였던 시절엔 달랐다. 책과 세계와 나는 밀착돼 있었다. 삶의 정확한 매뉴얼을 책에서 얻을 수 있다고 믿었다. 온갖 어리석은 일을 저지르는 어른들은 책을 읽지 않은 걸까? 인류가 추구해야 할 이상과 피해야 할 함정이 전부 책에 쓰여 있는데 어째서 세계는 이토록 느리게 나아지는 건지 의아했다. 어쩌면 역으로 이 물정 모르는 천진한 믿음이 있었기에, 유년기에 읽은 책들이 인생의 매뉴얼과 그나마 비슷한 판단 기준과 감정 다루는 법을 내게 심어주었을 것이다.

헌책방에서 재회한 『보리와 임금님』을 다시 읽은 날, 내가 느낀 감정은 안도였다. 책을 잃어버리고, 존재조차 잊고 지낸 시간에도 엘리너 파전의 이야기들은 내 피부 아래 머물러 있었음을 알았기 때문이다. 돌이켜 보건대 『보리와 임금님』이 내게 준 선물 가운데 첫째는 일종의 소속감과 지지였다. 친구 사귀는 기술이 서툰 아이들은 '솔 메이트'를 교실보다 책에서 먼저 찾아내곤 한다. 고학년이 되어 '교환 일기'를 번갈아 쓸 친구를 만나기 전까지 내 마음속 단짝은 『보리와 임금님』의 머리말에 등장하는 꼬마 엘리너였다.

작가가 1인칭 시점으로 쓴 서문에 들어간 삽화에서 1881년생 할머니 엘리너 파전은 제 몸집의 1/4만 한 책에 코를 박은 내 또래 여자아이로 그려져 있었다. 작은 엘리너는 나의 똑똑하고 든든한 우군이었다. 금지된 어른들의 책을 포함해 일관성이라곤 없는 잡다한 독서에 홀려, 숙제를 미루고, 식탁에서 한눈을 팔고, 제대로 씻지 않은 채 늦게 잠자리에 드는 아이는 너만이 아니라고, 엘리너 파전의 머리말은 확인해주었다. 게다가 엘리너는 우리의 무절제한 탐닉을 어찌나 멋지게 변호해주었던지! 엘리너가 묘사하자 기침과 간지럼의 원흉에 불과했던 책 먼지는 "별 조각, 황금 물, 꽃가루"로 둔갑했다. 그녀는 동시대 시인 바이올라 메이널Viola Meynell의 시까지 인용해 나의 남은 걱정을 날려버렸다.

내가 훔쳐내는 이 먼지는 꽃이나 임금들,
솔로몬의 궁전, 시인, 니네베들인 것이다.

결정적으로 『보리와 임금님』의 머리말은 당시 나를 괴롭히던 한 가지 공포를 불식시켜 주었다. 엄마에게도, 하굣길 짝꿍에게도 제대로 설명할 수 없어 목이 메던, 책 읽는 동안의 '유체 이탈' 체험이 나만의 오컬트 현상이 아니라고 증언해주었던 것이다. "때때로 공상보다도 더욱 이상한 나라로 탐험 여행을 간 나는, 그곳에서 빠져나오고 나서야 비로소 거북한 자세나 냄새나는 공기를 깨닫곤 하는 것이었습니다." 엘리너 파전은 이야기 속으로 도피하는 일이 비겁한 행위만은 아니라고 속삭였다. 그녀의 동조는, 뒷날 내가 영화의 환영에 넋을 잃고 이래도 괜찮을 걸까 불안해지는 고비마다 손을 잡아주었다. 이 시간도 우리 수명의 엄연한 일부이며 네 의지로 가는 여행이라고.

풍요하고 복된 이미지의 뒷면

『보리와 임금님』은 내게 조선 시대 학동으로 치면 『소학』이나 『동몽선습』과 같은 수신서의 역할도 했다. 예나 지금이나 모범생 콤플렉스가 있는 나는 마음만큼은 좋은 인간이 되길 꿈꾼다. 훨씬 대담했던 십 대에는 '훌륭한' 어른이 되어야 한다는 야심마저 품었다. 좋은 사람이 되는 데에도 후천적 노력보다 기질이 크게 작용한다는 점을 발견하고 좌절하기도 했다. 불공평해! 아무튼 그건 나중

이야기이고, 어떤 삶이 진짜 성공한 인생인지에 관해 어른들도 합의를 도출하지 못했다는 사실을 눈치챌 때 어린이의 번민은 시작되는데 『보리와 임금님』의 표제작 단편 「보리와 임금님」이 내겐 성공의 정의를 고심하게 된 중요한 계기였다.

이 동화에서 백치로 보일 만큼 순박한 시골 소년 윌리는 마을을 지나가던 이집트의 왕에게 보리밭 한 뙈기를 가진 제 아버지가 이집트 최고의 부자라고 말한다. 가소롭게 여긴 왕이 "나는 이집트를 다 가지고 있다."라고 호령하자 윌리는 "그건 너무 많아요."라고 고개를 젓는다. 파라오가 분노한다. "너무 많다는 말이 어디 있느냐?" 그는 윌리 아버지의 황금색 보리밭을 불살라버린다. 그러나 오래가는 쪽은 왕의 수명이 아니라 윌리의 어벙한 미소다. 그렇다. 최고의 부자가 되기 위해서는 '너무 많이' 가져서는 안 되는 거였다.

'많다', '크다', '높다', '맛있다' 급기야 '좋다'까지 어린 내가 긍정적인 개념으로 분류해놓았던 세상의 모든 형용사는 '너무'를 앞에 붙임으로써 풍요하고 복된 이미지의 뒷면을 드러냈다. 선인들이 말씀한 '군자'가 되기 위해 내가 평생 찾아다녀야 할 성배는, 많고 적고 크고 작고 높고 낮은 것들을 내게 알맞은 함량으로 조합하는 셈법이었다. 그것은 "뱁새가 황새를 따라가려다 가랑이 찢어진다."는 분수론이나 안빈낙도의 교훈과 달랐다.

『보리와 임금님』에 수록된 다른 작품 「금붕어」에서 본디 바다 물고기였던 금붕어는 달님에게 반한 다음 불행해진다. 달과 결혼할 수 없고 해보다 훌륭해질 수 없으며 세계가 자기 것이 될 수 없다는 사실에 몇 날 며칠 울음을 그치지 않는 금붕어를 본 아버지 해신海神 넵튠은 아들에게 그렇다면 어부의 그물에 몸을 던지라고 말한다. 어항에 들어가 달을 닮은 은빛 물고기를 만나고 세계 곳곳에서 어부가 수집한 장식품을 시야에 담은 금붕어는 행복해진다. 얼핏 패배주의적 우화로 보이는 「금붕어」에서 내게 각인된 대목은 결말보다 과정이었다. 세상을 가질 수 없다고 애통해하는 금붕어를 비웃는 돌고래에게 넵튠은 "너는 그런 일로 울어본 일이 있느냐?"고 반문한다. 작은 금붕어는 먹이가 아니라 이상을 위해 울었고 자신의 의지로 그물을 향해 헤엄쳐갔다. 나는 넵튠과 같은 부모가 되고 싶었던 것 같다. 내 아이가 사랑을 위해 미친 짓을 하려고 할 때 말리지 않는.

한편 「복숭아나무를 살린 소녀」의 마리에타는 오빠, 할머니와 함께 과일 농사를 짓고 사는 시칠리아의 일곱 살 여자아이이다. 소녀가 태어난 날 오빠가 심었던 복숭아나무는 그녀의 베스트 프렌드이다. 어느 날 화산이 폭발해 불의 강이 민가까지 흘러들자 주민들은 피난길에 오른다. 할머니 손에 이끌려 도망치던 마리에타는 제 나무에 살아남기를 축원하는 키스를 남겼어야 한다는 사실을 깨닫고 행렬을 거슬러 복숭아나무로 달려간다. 신비롭게도 소녀의 우애 어린 행위는 마을 전체를 구한다. 내가 멈칫한 대목은, 설령

마리에타의 행위가 공공의 이익에 기여하지 못했더라도 그녀의 이야기는 똑같은 정도로 심금을 울렸을 거라는 점이었다. 조금 과장하면 나는 이 짧은 동화에서 최초로 도덕과 윤리의 차이를 맛보았는지도 모르겠다. 인간은 행위의 객관적 결과를 온전히 예측할 수 없다. 종교나 사회의 규범을 숙지하고 있다고 해도, 자신의 구체적 결단이 거기에 부합하는지 확신할 수 없다. 윌리와 금붕어, 마리에타가 내게 영웅으로 보인 이유는, 그들이 선험적으로 옳고 유익하다고 명시된 일을 완수해서가 아니라 이야기가 마지막 장에 이르기 전에 이미 '아름다운' 사람으로 보였기 때문이었다. 그리고 그들이 아름다웠던 건……, 사랑에 대해 뭘 좀 아는 것 같아서였다. 바야흐로 '옳고 그름'이 아니라 '아름다움과 추함'으로 세상을 바라보는 시선의 축이 이동하던 시기였다.

아름다움 운운한 김에 이어가면 『보리와 임금님』은, 공주와 왕자가 즐비한 로맨스를 남부럽지 않게 포함한 동화집 치고 누가 어떻게 근사하고 예쁘다는 외모 묘사에 무심한 편이다. 엘리너 파전의 여자 캐릭터들은 배우에 빗대면 캐서린 헵번Katharine Hepburn 혹은 배두나의 스타일에 가깝다. 작가는 그들의 눈동자와 입술 색깔을 별과 꽃에 비유하기보다 그들의 말과 움직임을 전하는 데에 주력한다. 번역본의 목차에서 맨 첫 자리를 차지하는 동화 「일곱 번째 공주」는 내가 처음 접한 광의의 페미니스트 이야기라고 해도 좋다. 넓은 의미라 한 까닭은 여성뿐 아니라 남성 영웅의 상투형도 넘어뜨리는 스토리여서다.

왕궁으로 시집온 집시 출신의 왕비는 넓은 세상을 그리워하지만 왕을 사랑하기에 욕망을 발설하지 않는다. 세 차례에 걸쳐 쌍둥이 딸을 낳고 일곱 번째 막내 공주까지 얻은 왕비는, 임금으로부터 제일 아름다운 머리칼을 기른 딸에게 왕위를 물려주겠다는 약조를 받는다. 여섯 언니가 모발 관리에 열성적인 유모들에게 양육되는 동안 두건을 쓴 막내 공주는 어머니 손에서 자란다. 세월이 흘러 왕비가 숨을 거두던 날 '세계의 왕자'가 남루한 차림의 시종을 대동하고 궁을 찾아와 여왕이 될 공주와 결혼하겠노라 통보한다. 사실 모든 의사 표현은 누더기를 걸친 시종이 도맡는다. 왕자는 황금 망토를 걸치고 멀뚱히 '존재할 뿐' 말도 행동도 하지 않는다. 우열을 가릴 수 없는 머리채를 자랑하는 언니들 틈에서 막내 공주는 사내처럼 짧게 친 머리를 공개한다. 집시 왕비는 사랑하는 남편을 존중하면서도 조용히 복수한 셈이다.

한데 여기부터가 흥미롭다. 보통의 동화라면 아버지가 대오각성하며 막내 공주의 보슬보슬한 머리에 왕관을 씌워주는 전개가 맞겠지만 「일곱 번째 공주」 속 왕은 "어쨌든 너는 안 되겠구나!"라고 고개를 젓는다. 어른은, 특히 권력을 가진 어른은 뭘 깨달았다고 해서 곧장 행동할 수 없는 것이다. 세계의 왕자는 여섯 공주 중 승자가 결정될 때까지 하염없이 기다리며 늙어간다. 그러는 동안 일곱째 공주는 시종과 함께 강과 들판, 시장을 마음껏 뛰어다닌다. 다시 한 번 보통 동화라면 시종이 "사실 내가 변장한 왕자"라고 정체를 밝힐 만도 하다. 그러나 작가가 쓴 문장대로, 엘리너 파전의 세계에서 그런 일은 "끝내 일어나지 않는다." 한술 더 떠 다른 단편 「어린 재봉사」에서는 주인공 재봉사 처녀가 사흘 밤 연달아 무도회에서 춤을 춘 젊은 왕이 알고 보니 변장한 시종이다. 그러나 실망스럽지 않다. 애당초 왕좌와 로열 패밀리 배우자를 원한 적이 없는 여자들에게 세계의 왕자와 올리는 결혼식은 상賞도 무엇도 아니다. 어차피 『보리와 임금님』에서 왕족과 귀족은 대개 조연이다. 이 세계의 주역은 피곤한 나머지 저절로 눈물이 흐를 정도로 일하는 젊은 남녀, 그러나 아첨을 몰라 비굴해질 일도 없는 청춘들이다.

좋은 서사와 캐릭터의 원형

사회인이 되어 영화에 관한 기사를 쓰고 인터뷰를 통해 글로 인물을 스케치하는 일을 직업으로 삼게 되면서는, 내 잠재의식에 입력된 좋은 서사와 대사의 조건, 존중할 만한 인간상, 매혹적인 자연 이미지의 원형이 엘리너 파전의 이야기와 에드워드 아디존의 그림에 얼마나 많이 빚지고 있는지 발견하고는 이따금 소스라친다. 머리말에서도 일러둔 것처럼 엘리너 파전은 공상과 사실, 만들어낸 것과 정말 있는 일 사이에 우열을 두지 않는다. 단편 「코네마라의 당나귀」는 딱 잘라 말하면 교사가 거짓말하는 이야기다.(선생님이!) 선량한 허풍쟁이 아버지를 둔 소년 대니는 아빠가 고향 아일랜드에 두고 왔다는 세상에서 제일 예쁜 흰 당나귀 이야기를 친구들에게 자랑했다가 거짓말쟁이로 몰린다. 슬픔에 겨워 건널목에서 양쪽 살피기를 잊은 대니는 교통사고까지 당해 앓아눕는다. 아일랜드 출신인 친절한 담임 선생님은 방학 동안 고향에 돌아갔다가 흰 당나귀와 찍은 사진을 들고 돌아와 대니의 명예를 회복시켜준다. 포토샵이 없는 시대이니 페인트와 소품이 동원된 건 물론이다. 사실은 반드시 상상과 미혹보다 우위에 있는 건 아니라고, 「코네마라의 당나귀」는 은근히 주장한다.

대학 2학년 계절학기 국문학 교양 수업에서, 살면서 가장 크게 영향받은 책에 관한 리포트를 써오라는 과제를 받았을 때 고심 끝에 내가 선택한 책은 조세희 작가의 『난장이가 쏘아올린 작은 공』이었다. 그러나 『난장이가 쏘아올린 작은 공』에 앞서 사회에 대한 내 상식의 기초를 결정한 픽션은 『보리와 임금님』에 실린 「친절한 지주님」이다. 담백하고 심오한 러브 스토리이기도 한 「친절한 지주님」은 인색하고 무감동하게 살아온 부자가 사랑에 빠지면서 점점 제목에 충실해진다. 자비를 몰랐던 지주 로버트 차든은 처음부터 그를 친절한 사람이라고 철석같이 믿는 아가씨 제인과 그녀가 남긴 외동딸 꼬마 제인을 기쁘게 하려는 충동을 좇다가 자선에 중독된다. 어린 딸의 입술에서 흘러나오는 '좋은 아빠'라는 말의 의미를 차든은 숙고하지 않는다. 다만 딸이 그 말을 하지 않는 날은 마음이 편치 않게 된다. 차든의 곳간이 빌수록 가난했던 마을은 고루 윤택해진다. 불안 속에서도 자선을 멈출 수 없게 된 남자는 집까지 처분한 다음 비로소 평화에 도달한다.

「친절한 지주님」이 미덕을 칭송하는 교훈담을 넘어서는 지점은, 문제의 '개과천선'을 사필귀정이 아니라 마치 마약 중독이나 질병처럼 주인공을 위협하는 불가피한 운명으로 묘사했다는 데에 있다. 구두쇠 차든은 여태 살아온 방식을 부정하고 끔찍이 사랑하는 딸의 미래를 위태롭게 함으로써 양심의 가책을 느끼면서도 퍼주기를 멈추지 못한다. 신에게, 즉 다수의 이웃에게 딸의 미래를 맡기기로 결심하고 그는 비로소 번민에서 벗어난다. 과연 차든이 죽자 온 마을이 꼬마 제인의 부모 형제가 된다. 사회복지의 기본 원리인 셈이다.

아무리 발버둥 쳐도 부모의 재산과 배려만으로 아이들의 기나긴 미래를 돌볼 수는 없다. 모두가 모두의 아이를 돌보아야 한다. 그러나 차든은 이웃이 보은할 거라는 사실을 죽기 전에 알지 못했다. 왜 그는 딸 앞으로 확실한 저금을 남기는 대신 고아원에 거액의 기부금 수표를 보냈을까? 이 미스터리가 「친절한 지주님」을 깊은 이야기로 만든다. 진실로 강력한 서사는 자신의 행위가 가져올 감흥에 무지한, 심지어 그 감흥에 적대적인 인물에 의해서만 완성된다.

『보리와 임금님』은 내게 일종의『문장강화』이기도 했다. 동화의 세계가 밀봉된 '퍼펙트 월드'로 느껴지는 이유는, 정박으로 흘러가는 안정된 기승전결 구조에 있다. 이 책에 수록된「레몬 빛깔의 강아지」,「어린 재봉사」,「서쪽 숲 나라」는 유사한 에피소드가 점증법으로 축적되는 동화의 전통적 리듬을 유려하게 구현하면서도 작가의 진보적 세계관과 단호한 인간관을 드러낸 클라이맥스(또는 안티 클라이맥스)로 모던한 이야기를 완성해 보인다. 엘리너 파전의 피날레에는 장대한 팡파르가 없는 대신 붓글씨의 삐침과도 같은 산뜻한 여유가 있다. 지금도 나는 어떤 영화가 만족스럽게 7부 능선을 넘으면 마지막 릴(20여 분)이 남은 시점부터『보리와 임금님』의 단편들이 내게 선사했던 세련된 충족감과 여운을 기대하게 된다. 단편의 묘미를 동화의 간소한 양식을 통해 내게 교육한『보리와 임금님』은, 개별 문장에서도 음악성이 얼마나 중요한지 알려주었다. 운율은 아이들의 베갯머리에서 자장가로 읽히는 동화의 필수 요건일 수도 있지만, 시인이기도 했던 엘리너 파전의 문장은 소박한 단어를 쓰면서도 운율을 놓치지 않아 한데 모아두면 꽃다발처럼 화사한 기운을 낸다. 독자로서, 필자로서 한 해 한 해 나이를 먹어감에 따라 나는 운율과 라임rhyme이 긴요한 장르가 동화와 랩만이 아니라는 의견을 갖게 되었다. 소설도 칼럼도 유언장도, 하다못해 영화

리뷰도 만약 여력이 된다면 소리 내어 읽어보아 귀에 감기는지 확인해보는 편이 이롭다. 궁극적으로 그것들은 독자의 머릿속에 낭송되므로.

프랑스 작가 미셸 투르니에Michel Tournier는 셀마 라게를뢰프Selma Lagerlof의 동화 『닐스의 모험』을 가리켜 "그 책을 통해 처음으로 위대한 글이 무엇인지 알게 되었고 내가 살아 있는 동안 뭔가 훌륭한 일을 한다면 그와 비슷한 일이 될 것 같다고 예감했다."고 말했다. 작가가 아닌 나는 『보리와 임금님』에 대해 감히 비슷한 꿈을 입에 담을 수 없다. 그보다 얼마 전 인터넷을 돌아다니다 마주친 한 장의 일러스트레이션이 『보리와 임금님』과 나의 관계를 설명하기에 적합해 보인다. 작가를 알 수 없는 이 그림의 주인공은 조그만 곰 인형이다. 한 뼘쯤 되는 몸집의 '곰돌이'는 깊은 잠에 빠진 소년의 베개맡에 버티고 서서 꼬마를 해치려는 거대하고 흉측한 몽마夢魔에게 이쑤시개만 한 칼로 맞서고 있다. 『보리와 임금님』은 이 곰돌이처럼 나를 지켜주는 퇴행이다. 엘리너 파전의 동화를, 어른이 된 나는 나이브하다고 일축할 수도 있다. 확실히 사랑은 그녀가 알려준 것보다 질척거렸고 진실은 훨씬 모호했으며 『보리와 임금님』에는 나오지도 않은 '괴물'들이 세상을 쑥대밭으로 만들었다. 그러나 이 책은 나를 퇴행시킴으로써 재무장시킨다. 한 번도 인생에 실망하지 않은, 한 편의 나쁜 글도 쓰지 않은, 아직 괴물과 마주친 적 없었던 과거로 나를 데려가 다시금 좋은 인간, 아름다운 세계, 훌륭한 문장을 탐내게 한다.

O2

플랜더스의 개 │A Dog of Flanders

위더 지음 │ 하이럼 반즈 그림 │ 노은정 옮김 │ 비룡소 │ 2004

우리 세상도 넬로와 파트라슈가 살던 세상과 다르지 않다

이정모 서대문자연사박물관장

연세대학교 생화학과를 졸업하고, 같은 학교 대학원에서 석사 학위를 받았다. 독일 본 대학교 화학과에서 '곤충과 식물의 커뮤니케이션'에 관한 연구를 했으며, 안양대학교 교양학부 교수로 재직했다. 지은 책으로는『달력과 권력』,『해리 포터 사이언스』등이, 옮긴 책으로는『인간 이력서』,『인간, 우리는 누구인가?』,『매드 사이언스 북』,『마법의 용광로』등이 있다.

몇 년 전 전라북도 부안교육지원청에서 운영한 중학생 글쓰기 캠프에 강사로 참여한 적이 있다. 강의가 끝날 무렵 한 아이가 질문했다. "선생님은 중학교 때 어떤 과학책을 읽으셨어요?" 잠깐 생각해봤다. 내가 중학교 때 어떤 과학책을 읽었지? 아무리 생각해봐도 읽은 책이 없었다. "글쎄, 선생님은 중학교 때 과학책을 읽어본 기억이 없는 것 같구나." 아이들은 "그런데 어떻게 과학자가 되었어요? 그러면 우리도 과학책 안 읽어도 되겠네요."라며 깔깔거렸다. 나도 겉으로는 같이 웃었지만 속으로는 이렇게 말했다. '자식들, 그때 내가 과학자가 될 줄 알았겠니? 그리고 우리 집뿐만 아니라 우리 동네에 과학책 같은 것은 정말 없었단다. 사실 그 어떤 책도 없었어.'

정말이다. 난 중학교 때 단 한 권의 과학책도 읽은 기억이 없다. 우리 집에 있는 책이라고는 민중서림에서 나온 열세 권짜리 백

과사전과 이희승 편 국어사전, 그리고 교과서가 전부였다. 내가 특별히 책을 읽지 않는 아이는 아니었다. 우리 동네 아이들은 다 그랬다. 중학교에 들어가기 직전 나보다 다섯 살 많은 이모가 선물한 『꽃들에게 희망을』과 『아낌없이 주는 나무』를 읽으면서 독서가 꼭 지루한 것만은 아니라는 생각을 했고, 중학교에 입학하자마자 이모 책상에 꽂혀 있던 최인호의 『별들의 고향』과 D. H. 로렌스David Herbert Lawrence의 『채털리 부인의 사랑』을 얼굴 붉히며 읽으면서 독서의 세계에 빠져들었다. 그 후론 삼중당 문고와 함께 살았다. 결국 나는 '동화'라는 것을 경험하지 못했다. 누구나 읽어야 하는 것으로 알고 있었던 『소공녀』, 『톰 소여의 모험』, 『작은 아씨들』 같은 책은 아직도 못 읽었다. 그래도 괜찮았다. 동화가 제아무리 재밌어 봐야 『동백꽃』이나 『삼십 세』보다 더하겠는가.

해태 우유와 함께 온 만화책

내가 중학교에 입학할 무렵, 아버지를 제외한 온 식구가 서울에 올라와서 잠실의 아파트에서 '문화생활'을 시작했다. 우리 엄마가 생각하기에 '신문 구독'과 '우유 배달'은 문화생활의 정수였다. 가정에서는 우리 가족의 미래를 책임질 장남이요, 학교에서는 모범생이요, 국가적으로는 충효 사상으로 충만했던 나는 엄마의 기대에 부응하고자 아침에 일어나면 해태 우유를 마시면서 한국일보를 정독했다. 매일 다른 이야기가 실리는 신문은 질리지가 않았는데 우유는 곧 질렸다. 흰 우유를 딸기 우유, 초코 우유로 바꿔보기도 했지만 질리는 것은 마찬가지였다. 그래도 우유를 끊자는 말은 하지 못했다. 해태 우유에서는 가끔 우유와 함께 단행본 만화책을 넣어주었는데, 두 살 어린 동생과 세 살 많은 외삼촌은 그 만화책을 매우 좋아했기 때문이다. 피식, 만화는 꼬마들이나 보는 건데, 유치하기는……. 나는 우유를 마시고 그 둘은 만화를 보았다.

그러던 어느 날, 해태 우유와 함께 『플랜더스의 개』란 제목의 만화책이 배달되었다. 한쪽 눈 주변에 커다란 점이 있는 복슬복슬한 개와 귀여운 꼬마가 그려져 있는 표지를 보고 나는 짐작했다. 아, 물이 새는 둑을 온몸으로 막아낸 네덜란드 소년의 이야기겠구나! 조국에 충성하는 아이를 그린 만화책일 거라는 선입견은 내 손을 한국일보 대신 만화책으로 이끌었다.

만화책은 위대했다. 단단하던 내 마음을 순식간에 녹여버렸다. 나는 한 번도 보지 못한 할아버지와 어린 네로, 커다란 개 파트라슈의 단란한 가정, 그리고 아로아와의 풋풋한 사랑 이야기가 좋았다. 그런데 절반쯤 읽다가 학교에 갔다 오니 이 만화책은 외삼촌과 동생의 차지가 되어 있었다. 뒷이야기가 어떨지 궁금했지만, 나는 참고 기다릴 수밖에 없었다. 상상을 하면서…….

이때 내 상상의 소재는 (요즘엔 『채털리 부인의 연인』이라 하는) 『채털리 부인의 사랑』이었다. 아로아 아버지의 눈을 피해 아로아와 놀 수밖에 없는 네로의 처지가, 채털리 부인과 숲에서 몰래 사랑을 나누는 사냥터 관리인의 처지와 같아 보였다. 결국 채털리 부인의 사랑처럼 네로와 아로아의 사랑도 비극으로 끝날 것 같아 안타까웠다. 내 머릿속에는 이미 결말도 나 있었다.

네로는 우유를 배달하고 받은 돈으로 할아버지의 약을 지었지만 쉽게 집으로 돌아가지 못했다. 멀리서 언덕 위의 빨간 풍차를 바라보며 아로아가 자신을 발견하기를 기대한다. 아로아는 창밖으로 멀리 뛰어다니는 파트라슈를 보고서 뛰쳐나오고 싶었지만 엄한 아버지가 무서워 나오지 못한다. 저녁이 되어 석양에 노을이 질 무렵 집으로 돌아오던 네로는 둑에 작은 구멍이 나서 물이 새는 것을 발견한다. 주먹으로 구멍을 막았지만 다른 구멍이 또 생기고 구멍은 점점 커진다. 마을이 위기에 빠졌다는 사실을 알려주기 위해 파트라슈를 할아버지께 보낸다. 하지만 연로하신 할아버지는 일어나지 못한다. 파트라슈는 밤새 짖으며 마을 사람들에게 경고하지만 아무도 알아듣지 못한다. 새벽이 되어서야 아로아는 뭔가 잘못됐다는 것을 알고서 아버지의 만류를 뿌리치고 뛰쳐나온다. 아버지와 하인들은 아로아를 잡기 위해 쫓아온다. 마침내 마을 사람들은 둑을 온몸으로 막다가 숨진 네로를 발견한다. 가난한 소년이 마을을 구한 것이다. 마을에는 네로의 동상이 세워지고 아로아는 평생 네로의 할아버지와 파트라슈를 돌보며 살면서 마침내 네로와의 사랑을 이룬다…….

아, 얼마나 아름다운 이야기인가! 채털리 부인의 사랑은 차마 누구에게도 전하지 못했지만 네로의 사랑은 학급 회의 시간에 나가서 발표해도 될 것 같았다. 순진무구한 사랑과 효심 그리고 애국심으로 가득한 이 이야기를 확인하고 싶었다.

마침내 『플랜더스의 개』가 다시 내 차례가 되었을 때 만화책은 이미 한 귀퉁이가 김치 국물에 절어 있었다. 하지만 순식간에 읽어나갔다. 그런데 웬걸! 뜬금없이 (이름이 만화책에 나왔는지 기억도 나지 않는) 어떤 화가가 등장하여 네로의 마음을 사로잡는다. 네덜란드는 참으로 재미난 나라다. 교회에 있는 그림을 보는 데 무슨 돈이 필요하느냔 말이다. 네로는 바보같이 별 의미도 없는 그림을 보겠다는 일념으로 온갖 시련을 참으면서 그림을 그려 공모전에 나갔지만, 당선되지 못하고 교회에 가서 그림 아래에 쓰러져 죽는다. 네로는 추위와 굶주림으로 죽었다. 하늘에서 네로와 파트라슈의 시신 위로 빛이 쏟아진다. 죽은 네로는 영혼의 눈으로 커튼이 젖혀진 그림을 본다. 말도 안 되는 이야기다. 네로가 나라를 위해 목숨을 바친 게 아니라니, 그깟 그림 하나를 보려다가 굶어죽다니……. 그런데 내 눈에서는 눈물이 펑펑 쏟아져 내렸다.

지난날을 생각해 보면 「눈을 떠요」, 「러브하우스」 같은 텔레비전 프로그램을 보거나, 영화 「태극기를 휘날리며」의 첫 장면에 장동건과 원빈이 아이스케이크 통을 들고 '나 잡아봐라' 하면서 쫓고 쫓기는 장면을 보면서 눈물을 흘린 적은 있어도 책을 읽고 울어본 적은 단연코 없다. 책을 읽고 분노하고 기뻐한 적은 있어도 감동받아 운 적은 없다. 그래서 해태 우유와 함께 배달된 『플랜더스의 개』는 내 인생에 가장 아름다운 이야기를 담은 책으로 남아 있다.

한참 후에 텔레비전에서 『플랜더스의 개』라는 만화영화 시리즈를 방영했다. 만화영화의 그림 풍이 내가 기억하는 만화책의 그림 풍과 비슷했다. 만화책을 보고 만화영화를 만들었는지, 만화영화가 먼저 있었는데 그걸 보고 만화책을 만들었는지는 내가 알 바 아니었다. 만화영화는 만화책보다 이야기가 더 풍성했지만 별 관심을 두지 않았다. 나는 이미 결말을 알고 있었으니까. 이것이 2013년까지의 이야기다.

플랜더스 개들의 운명 그리고 넬로의 가난

2014년 새해 첫 책으로 『플랜더스의 개』를 골랐다. 해태 우유 없이 홀로 배달된 책의 '뽁뽁이' 비닐 포장을 벗길 때부터 나는 이미 감동받아 울 준비가 되어 있었다.

넬로와 파트라슈는 세상에 홀로 남겨진 외톨이였습니다.

둘은 피를 나눈 형제보다도 더 가까운 친구였지요. (……) 살아온 시간의 길이로 치자면 둘은 동갑내기였어요. 그래도 하나는 아직 어렸고, 다른 하나는 이미 늙었지요.

비룡소판 「플랜더스의 개─크리스마스 이야기」는 이렇게 시작한다. 우리 집에 있던 개가 생각났다. 그때도 그랬다. 내 둘째 동생과 (이름도 기억 안 나는) 그 개는 동갑이었지만, 하나는 아직 어렸고, 다른 하나는 이미 늙었다. 지금도 엄마 집에 있는 개 봄봄이는 내 작은딸과 동갑이지만, 하나는 아직 어리고 다른 하나는 이미 늙어서 앞도 못 본다. 울 준비를 벌써 하고 있었기 때문에 우는 데 아무런 문제가 없었다. 이건 무슨 카타르시스냐!

나는 우리 집의 가장인 것은 분명하지만 내가 중학교 때 생각했던 그 가정의 가장은 아니고, 그때는 존재조차 모르거나 이 세상에 존재하지 않았던 세 여인과 함께 구성한 가정의 가장일 뿐이다. 게다가 효심은 얄팍해졌으며, 중학교 때 생각한 애국심 따위는 애국과는 아무런 상관이 없다는 것을 깨달은 지 어언 삼십여 년이 되었다. 이젠 『플랜더스의 개』를 좀 차분한 마음으로 볼 때가 되지 않았는가 하는 물음을 던지면서 마음을 다잡았다. '그래, 책은 좀 거리를 두고 읽자.'

주인공의 정확한 이름은 네로가 아니라 넬로였다. 하긴 어떻게 이 착한 아이가 폭군 네로 황제와 같은 이름을 쓰겠어. 그런데 소년의 가난이 장난 아니다. 만화에서 보던 네로 가족은 아침마다 우유만 배달하면 포근한 집에서 살 수 있었지만, 동화책에 나오는 넬로 가족은 허름하기 그지없는 손바닥만 한 흙집에 살았으며, 끼닛거리가 없는 날이 허다했다. 양배추 몇 잎에도 기뻐할 정도였다. 『레 미제라블』의 악당 테라르디에 부부가 버린 아들 가브로슈 정도의 처지밖에 안 되는 것 같다.

네덜란드 사람들은 영국 작가가 쓴 『플랜더스의 개』를 별로 좋아할 것 같지 않다. 작가 위더Ouida는 플랜더스 개들의 운명을 이렇게 묘사했다.

> 파트라슈의 조상들은 수백 년 동안 엄하고 지독한 대우를 받으며 일해 왔고, 파트라슈의 몸속에는 그 피가 흘렀어요. 노예의 노예, 하층민들의 개, 수레를 끄는 짐승이었어요. 짐마차를 끄느라 살가죽이 벗겨져 피가 줄줄 흐르면서도 개들은 그 고통을 묵묵히 참으며 살았지요. 그러다가 거리의 차디찬 돌바닥에서 죽음을 맞는 것이 바로 플랜더스 개들의 운명이었습니다.

파트라슈는 고된 노동 끝에 길에서 쓰러져 새들한테 핏발이 성성한 두 눈을 뽑아 먹힐 상황에서 넬로 할아버지의 보살핌으로 살아나고, 전 주인은 파트라슈의 평화를 지켜주려는 듯 장터에서

술에 취해 싸우다 죽고 만다. 파트라슈는 넬로의 단순한 친구가 아니라, 넬로 가족에게 끼닛거리를 벌어다 주는 가장이자 일꾼이었으며, 할아버지와 넬로의 머리요 손이요 발이었다. 이들은 가난했다. 겨울에도 넬로는 나막신을 신었고, 파트라슈는 네 다리로 언 땅을 밟으며 다녔다. 군대에서 부상당한 할아버지는 류머티즘으로 몸을 쓰지 못했다. 동화책은 만화책과 너무나 달랐다.

이 와중에도 변함없는 게 있었으니, 그게 바로 루벤스의 그림이다. 넬로는 파트라슈를 돌이 깔린 길바닥에 혼자 내버려두고서 성당의 어두운 아치 입구 속으로 사라지곤 했다. 성당에 다녀오면 넬로는 넋이 빠져 애처로워 보이기까지 했다. 그림을 보지 못했기 때문이다.

"파트라슈, 그것을 볼 수만 있다면 얼마나 좋을까! 단 한 번만이라도 볼 수 있다면!"

넬로가 그토록 보고 싶어 하던 루벤스의 그림은 「십자가에 들어 올려지는 예수」와 「십자가에서 내려지는 예수」였다. 만화에서와 달리 넬로는 그저 순종적인 아이는 아니었다. 아이는 불만을 토로한다.

"가난해서 그림을 볼 수 없다니! 그 분이 저 그림을 그리셨을 때는 가난한 사람들에게 보여 주지 않겠다고 생각하지 않으셨을 거야. (……) 캄캄한 어둠 속에 저 아름다운 그림을 가둬 두다니! 저 그림은 부자들이 와서 돈을 내야만 빛을 볼 수 있어. (……) 난 저 그림을 볼 수만 있다면 죽어도 좋은데……."

만화의 아로아는 동화에서는 알루아로 등장한다. 그리고 마을에서 가장 부자인 알루아의 아버지는 넬로가 자기 딸과 노는 것을 막는다. 아버지는 어머니에게 이렇게 말한다.

"그 녀석은 지금 열다섯 살이야. 알루아는 열두 살이고. 게다가 그녀석은 생김새가 제법 반반하단 말이야. (……) 그 녀석은 가진 거라고는 없는 거지일 뿐이야! 화가가 되려는 헛된 꿈을 가졌으니 오히려 거지보다도 못하지."

아니, 이게 무슨 말인가? 내가 만화를 볼 때 네로는 내 동생보다도 어린 녀석이었는데, 알고 보니 당시 나보다도 나이가 더 많지 않았는가. 로미오와 줄리엣이 열네 살과 열두 살이었는데, 딱 이 나이였지 않은가. 이런, 게다가 잘생기기까지 했다면 알루아의 아버지가 걱정할 만도 했네.

넬로와 파트라슈가 살던 마을은 돈이 지배했던 곳이다. 동네 사람들은 혹시 자기 아들을 알루아와 결혼시켜서 재산을 통째로 물려받지 않을까 하는 기대 속에 넬로를 '왕따'시키는 데 주저하지 않았으며, 노새를 동원한 다른 업자가 등장하자 오랫동안 우유를 배달하던 넬로와의 거래를 끊었다. 풍차 방앗간에 화재가 났을 때는 보험을 들어놨기 때문에 아무런 손해가 없었는데도 넬로에게 죄를 뒤집어씌웠다. 동네의 유일한 부자가 넬로에게 안 좋은 말을 하자 동네 사람들도 따라 했다.

알루아의 아버지는 전 재산이 들어 있는 지갑을 잃었다. 눈길에서 지갑을 찾은 넬로는 그걸 알루아의 엄마에게 가져다준다. 넬로가 죽던 날 저녁의 일이다. 넬로는 파트라슈만 맡기고 길을 떠나고, 파트라슈는 넬로를 찾아 탈출한다. 그리고 둘 다 그날 밤 굶어 죽는다. 열다섯 살 아이가 이 정도로 분별력이 없단 말인가. 아아, 울화가 치민다. 그래도 작가는 아름답게 마무리하려고 한다.

넬로와 파트라슈에게는 길고 구차한 삶보다 차라리 죽음이 더 자비로운 일이었지요. 죽음은 충직한 사랑을 품었던 한 생명과 순진무구한 믿음을 지녔던 또 다른 생명을 데려갔습니다. 사랑에 대한 보상도 없고 믿음 또한 실현되지 않는 세상으로부터 말이지요.

비룡소판 『플랜더스의 개』를 읽은 뒤 다른 출판사의 책을 한 권 더 읽었다. 작은 판형으로 내용은 많이 축약되어 있으나 크게 훼손되지 않았다. 하지만 그림이 너무 예쁘다. 넬로의 오두막이 터무니없이 크다. 그 책으로는 넬로의 비참한 상황이 잘 그려지지 않는다.

이제 중학생이 되는 작은딸에게 『플랜더스의 개』를 만화책과 만화영화 그리고 동화책 가운데 어느 걸로 권할지 묻는다면 나는 기꺼이 동화책을 선택할 것이다. 그리고 책의 결말에 뒤통수를 얻어맞은 듯한 표정을 지을 딸에게 이렇게 말해줄 거다.

"우리 세상도 넬로와 파트라슈가 살던 세상과 별로 다르지 않아. 그리고 이젠 너도 『채털리 부인의 연인』을 읽을 때가 됐단다."

03

레 미제라블 I-III | Les Misérables

• 빅토르 위고 지음 | 이휘영, 정기수, 방곤 옮김 | 정음사 | 1981
• 빅토르 위고 지음 | 정기수 옮김 | 민음사 | 2012(전 5권)

고단한 이들에게 주는
위안과 용기

안소영 작가

1967년에 대구에서 태어나 서울에서 자랐다. 서강대학교 철학과를 졸업했
다. 지은 책으로 아버지인 수학자 안재구 박사와 어린 시절부터 주고받은 옥
중 서신을 묶은 서간집 『우리가 함께 부르는 노래』와 조선 시대의 이덕무와
실학자 벗들을 그린 『책만 보는 바보』, 아들 정학유의 눈으로 아버지 다산
정약용을 그린 『다산의 아버님께』가 있다.

'장 발장 아저씨는 왜 신부님의 은촛대를 훔쳤을까?'

어린 시절 동화책 『장 발장』을 읽으며 궁금히 여기던 생각이다. 책장을 덮은 뒤에도 궁금증은 해소되지 않았다. 앞부분부터 막힌 강렬한 의문에 뒷이야기는 제대로 들어오지도 않은 것 같다.

장 발장은 선한 사람인데, 어린 조카들을 위해 빵 한 조각을 훔쳤다가 오랜 감옥살이를 해야만 했던 가엾은 사람인데, 정말 신부님의 은촛대를 훔쳤을까? 장 발장의 처지와 마음에 깊이 이입되어 있던 나는, 그가 자신을 도와준 신부님의 촛대를 훔쳤다는 것이 도무지 이해되지 않았다. 억울한 누명을 쓴 것이라 생각하고 후련한 결말이 나오기를 애타게 기대했다. 그러나 이야기는 나의 바람대로 이어지지 않았고, 그만 마음이 상해버렸던 것 같다.

그 의문을 오래도록 해결하지 못했다. 어릴 때 읽었던, 글자에 그림도 곁들여진 동화책을, 중학생쯤 되면 잔글씨의 문고판이나 두꺼운 양장본으로 한 번 더 읽게도 된다. 나 역시 그랬다.『마지막 잎새』,『톰 아저씨의 오두막』을 다시 읽었고『적과 흑』,『데미안』등을 새로 읽었다. 갑자기 아버지와 떨어지게 된 뒤로 책을 건네주는 사람도 없었고, 형편도 여의치 않았던 때였다. 그 시절 손바닥만 한 삼백 원짜리 삼중당 문고와, 친구 집의 거실 유리장 안에서 빌려보던 문학 전집들이 얼마나 큰 위안이 되었던지.

하지만『장 발장』혹은『레 미제라블』을 다시 펼쳐볼 생각은 하지 않았다. 장 발장 아저씨에게 기울었던 어린 시절의 안쓰러운 마음은, 감옥을 떠오르게 하는 이야기와 책들을 피하게 되는 사춘기의 움츠러듦으로 바뀌었다. 1980년대가 시작되던 그때, 아버지는 자신의 양심과 견해를 드러내 표현했다는 이유로 감옥에 갇혀 계셨다. 어린 나의 연민을 자아내던 장 발장의 감옥살이는, 예닐곱 해가 흐른 뒤에는 오히려 그의 이야기를 멀리하게 된 계기가 되었던 것이다. 굳이 그 책을 다시 펼쳐 내 마음 깊숙한 곳을 헤집고 싶지 않았다.

고등학교 불어 시간에 misérable이란 단어가 나왔다. 이 단어에 복수형 정관사 les를 붙이면 'les misérables' 즉 '비참한 사람들'이 된다.『장 발장』의 다른 제목이『레 미제라블』이라는 정도는 알고 있었지만, 새삼스러웠다. 한 사람인 '장 발장'과 집단을 이르는

'비참한 사람들'이 어떻게 같은 책의 이름이 될 수 있는지. 그러나 그뿐, 더 알아보려 하지 않았다. 그의 사연을 들춰 보기는 여전히 두려웠다. 그때까지도 나는 먼 지방의 감옥으로 아버지를 만나러 가는 담장 바깥의 사람이었기에.

막막하고 무기력한 시간일지라도

『장 발장』 아니 『레 미제라블』을 본격적으로 펼쳐든 것은 이십 대도 중반을 넘어서였다. 80년대 말, 아버지는 자유의 몸이 되었지만 몇 해 가지 못했다. 90년대에도 수많은 사람들의 자유는 구속당했고, 거기에는 학생이었던 동생도 포함되었다. 막막한 날들이었다.

집안에 그런 일이 닥치고 보니, 뒤늦게 학교 문을 나선 이십 대에 내 삶을 생각할 겨를이 없었다. 담장 안을 찾아다니고, 억울한 수감을 곳곳에 알리고, 밥벌이도 하고……. 서울 변두리에 있는 집에서 시내 중심가로, 다시 저 반대편 작은 도시로 오가야만 했다. 그러자니 길에서 보내는 시간이 많았다. 사람을, 차례를, 형편을 기다려야 할 때도 많았다. 멈추어 기다리는 순간이면 어김없이 찾아오는 생각들. 아무런 준비 없이 서른을 눈앞에 둔 삶에 대한 두려움, 가족의 앞날에 대한 걱정, 하루하루 흘러가는 시간에 대한 불안함과 허전함……. 그 모든 생각과 마주하는 것이 두려웠다. 그저 책만 보는 수밖에 없었다. 그 시절 나의 책 읽기는 탐닉이었을까, 도 피였을까.

집에 갈 때면 지하철 역에서 버스로 갈아타지 않고 터덜터덜 걷곤 했다. 두어 정거장을 가다 보면 동네 서점과 헌책방이 있는 거 리가 나왔다. 읽을 책이 궁해지면 헌책방에 자주 들렀다. 세 권으로 된 초록빛 양장본 『레 미제라블』은 거기서 발견한 책이다. 나는 장 발장의 사연을 본격적으로 들여다보기로 마음먹었다. 덧날 상처를 두려워하던 사춘기의 여린 심장도 더 이상은 아니었고, 빽빽한 세 로쓰기 판형도 피하고 싶지 않았다. 당분간 읽을 책을 골라 낼 걱 정 없이 오래 들고 다닐 수 있겠다 싶어 흡족하기도 했다.

그해 여름은 그 책에 깊이 빠져 보냈다. 버스와 지하철 안, 법 원과 감옥의 바깥마당에서, 찻집과 사무실의 자투리 시간마다, 초 록색 표지에 가름끈도 초록색인 『레 미제라블』은 늘 내 손에 들려 있었다.

동화책 『장 발장』에서 어렴풋이 기억나는 주인공은 장 발장과 미리엘 주교님, 그리고 어린 코제트 정도이건만 『레 미제라블』에는 꽤 많은 인물들이 다양한 사연을 지닌 채 등장하고 있었다. 그들의 처지와 심리에 대한 세세하고도 집요한 묘사도 놀라웠다. 백여 년 도 훨씬 전에 쓰인 소설인데도 남발되는 우연도, 적당히 건너뛰는 서술도 없었다. 장 발장은 물론 팡틴도, 마리우스도, 마리우스의 외 할아버지 질노르망도, 사복형사 자베르나 심지어 속임수 덩어리 테

나르디에 부부조차도, 어떤 일에 부딪히고 행동할 때마다 마음속에 수만 가지 거센 상념의 파도가 일었다. 그 과정을 작가 빅토르 위고는 하나도 놓치지 않고 보여준다.

위고는 인물의 마음 깊은 곳까지 세세히 관찰하면서, 때로는 높은 데서 한눈에 조망하듯 그 모든 인물과 사건을 휘어잡아 그려내고 해석한다. 그처럼 능란한 전지적 작가 시점에도 감탄할 수밖에 없었다. 새겨두고 싶은 문장이 나올 때면 주머니에서 몽당연필을 꺼내 활자를 따라 금을 내리그었다. 때로는 연필을 든 채 오래 생각에 잠기기도 했다. 인물의 내면이나 사건의 근원을 추적해 들어가는 작가의 끈질긴 사유를 따라가다 보면, 알 수 없이 뿌옇기만 한 그즈음의 내 삶도 무언가 의미를 찾아가는 과정인 것도 같았다.

오랫동안 기억에 남는 부분은 「궁박한 마리우스」 편에서 그린 가난에 관한 대목이다. 마리우스는 혁명으로 왕정이 무너진 뒤에도 열렬한 왕당파로 남아 있는 외할아버지의 손에서 자란다. 나폴레옹의 충직한 군인이었던 아버지의 죽음에 이르러서야 그 삶에 대해 제대로 알게 되고, 아버지를 부정하게 만든 외할아버지에 대한 반감으로 집을 뛰쳐나간다. 호화로운 저택에서 풍족하게 자라던 청년은 하루아침에 파리 빈민가 셋집에서 굶주림과 추위에 시달릴 수밖에 없었다. 끔찍하고도 지독한 가난은 그의 몸을 마구 할퀴었지만, 한편으로는 진정한 성장의 토양이 되기도 했다.

그럴 때마다 빈궁의 부당한 치욕과 비통한 수치를 절실히 느꼈다. 그 것은 희한하고도 무시무시한 시련이어서, 약자는 거기서 비열해지고 강자는 거기서 숭고해진다. 그것은 운명이 파렴치한이나 반신(半神) 을 만들려고 할 때마다 사람을 던져 넣는 도가니인 것이다. (……) 가 난은 물질적 생활을 이내 벌거벗겨 놓아 보기 흉하게 만듦으로써 인 간을 정신적 생활로 비약케 한다. (……) 가난한 청년은 애써 빵을 벌 어 먹고, 먹은 후에는 공상한다. 그는 신이 주는 공짜 굿을 보러 간 다. 하늘을 보고, 공간을 보고, 별을 보고, 꽃을 보고, 어린애들을 보고, 그 속에서 자기 자신과 고통 속에 있는 인류를 보고, 그 속에 서 자기 자신과 빛나는 창조를 본다. 마냥 인류를 바라보면서 영혼 을 알아보고, 마냥 창조물을 바라봄으로써 신을 알아본다. (『레 미제 라블 II』[정음사]에서)

이 대목을 보며 나도 지난날 겪어야만 했던 가난이 떠올랐다. 방방이 불을 때지 못해 온 식구가 한 방에 모여 지내던 때, 연탄 대 신 아버지의 낡은 잡지를 넣고 태우며 내쉬던 엄마의 한숨, 간식인 줄 알았으나 주식이 되어버린 감자, 교복 자유화로 온통 밤색인 교 복들 틈에 홀로 언니에게 물려 입은 검정색 교복 외투의 두드러지 던 빛깔……. 마리우스의 가난과, 이를 전하는 빅토르 위고의 낮은 목소리를 들으며, 나는 처음으로 깨달았다. 막막하고 무기력하며 고통스러운 시간이라 할지라도, 손에 쥔 모래알처럼 의미 없이 스르르 빠져나가 버리지 않는다는 것을. 인간은 자신을 둘러싼 환경에 따라 만들어지기도 하지만, 진지한 성찰로 스스로의 존엄함을 지키고, 때로 그 환경을 바꾸어버리는 이도 인간 자신인 것이다.

한편으로는 신기하기도 했다. 어찌 알고 빅토르 위고는 백 년도 훨씬 넘는 시간과 이질적인 공간도 뛰어넘어, 가난한 내 지난날의 의미를 이렇게 되새겨주는 걸까. 굳이 그때의 내게만이었을까. 『장 발장』 혹은 『레 미제라블』이 우리나라에 번역된 것이 개화기의 신문학 시절이라니, 그동안 이 땅의 얼마나 많은 고단한 사람들이 이 구절에 위안과 용기를 얻었을까. 이제까지 『레 미제라블』을 읽어온 독자들은 다양할 것이다. 옛날과 지금, 서양과 동양. 사회제도나 풍습도 다르고 생김새와 언어와 문자도 다른 사람들이다. 이러한 차이에도 불구하고, 사유하는 인간으로서 작가의 사색과 성찰에 공감하는 마음만은 같다. 고전이라 불리는 문학의 살아 있는 힘이기도 하다.

그로부터 십여 년이 흐른 뒤 내가 두 번째 책 『다산의 아버님께』를 쓸 때, 마리우스와 빅토르 위고와 나눈 그 생각을 다산 정약용과 아들 학유와도 나누었다. 이 책은 유배된 학자 다산의 이야기라기보다는, 남양주 소내에 살던 그 가족들의 이야기이다. 어느 날 갑자기 아버지가 의금부에 끌려가고 유배지로 떠난 뒤, 풍비박산이 된 집 안에 남겨진 가족들은 어떻게 살았을까. 세상의 멸시와 지독한 가난, 아버지에 대한 원망에 시달리던 둘째아들 학유는, 세월이 흐른 뒤 다산의 아버님께 이런 편지를 올린다.

예전에 아버님께서 이런 말씀을 하셨지요. 가난과 곤궁이 반드시 나쁜 것만은 아니라고. 고생하다 보면 마음이 단련되고 지혜로워져 사람과 사물의 진실과 거짓을 옳게 알 수 있는 장점도 있다고 하셨습니다. (……) 만약 우리 가족에게 신유년의 일이 없었다면 저는 세상 물정 모르는 양반댁 둘째 도령의 처지를 벗어날 수 없었을 것입니다. (……) 어려움과 결핍은 사람에게 고통을 주는 것만이 아니라, 무궁한 사색과 그에서 비롯되는 뛰어난 창조물을 낳는다는 것을 알지 못했을 것입니다.(『다산의 아버님께』에서)

이것은 아버지께 드리는 나의 이야기이기도 했다.

자유롭고 숭고한 기운을 가진 사람들

다시 『레 미제라블』을 펼쳐든 것은 그로부터 이십 년이 되어가던 지난해 여름이었다. 아이가 큰 수술을 하고 퇴원한 뒤였다. 가슴이 타들어가고 피를 말린다는 말을, 병원 수술실과 중환자실 복도에서 처음 실감했다. 다행히 경과는 좋았고, 십 대 청소년은 회복도 빨랐다.

그러나 한 번 맥이 풀려버려서인지 나는 아무것도 할 수 없었다. 쓰다 만 원고는 여전히 접어둔 채였고, 밀린 일들은 아득히 쌓여만 갔다. 쉽지 않은 생활 속에 뚜벅뚜벅 걸어오던 걸음도 흔들려버렸다. 덮어두고 돌아보지 않으려 했던 불안, 깊숙한 곳에 넣어둔 불만 들도 한밤중 캄캄한 숲속의 나무들처럼 우뚝우뚝 솟아 나왔다. 심통 난 아이의 발길질처럼 무턱대고 떠오르는 생각들을 피하고 싶었지만, 그렇다고 딱히 가고 싶은 곳도, 하고 싶은 일도 없었다. 그러니 책을 드는 수밖에. 그것도 아주 긴 책.

책을 들었다. 『카라마조프 가의 형제들』을 보았고 『죄와 벌』, 『부활』을 다시 읽었다. 책을 쓰는 일을 하고부터는 원고에 매여 있느라 편안하게 책을 대하지 못했는데, 모처럼 그런 강박을 내려놓고 손이 가는 책들을 끌어당겼다. 책을 읽고, 멈추어 느끼고, 감탄하고, 또 생각하며 책을 보았다. 그러노라니 휘청거리던 여름도 물러나고 어느새 찬바람이 성큼 다가와 있었다. 다시 추슬러지는 것 같았고, 여느 때처럼 또 살아가 볼 만했다.

근 이십 년 만에 두 번째로 보는 『레 미제라블』은 또 달랐다. 이십 대의 막막한 시절에는, 활자 하나하나에 천착해 한 줄 한 줄 곱씹으며 읽어나갔다. 내 앞에 놓인 운명 혹은 상황과 비슷한 경우가 책 속 어디에 또 있는지, 있다면 어떻게 대처해나갔는지 수사관처럼 캐고 싶었다. 이렇게 견디고 있는 게 맞는지 확인하고도 싶었다. 내 손과 눈과 머릿속 모두, 펼쳐놓은 책장에 애처로울 정도로 밀착해 있던 평면적인 책 읽기였다. 반면 사십 대 중반이 넘어 다시 볼 때는, 책과 나 사이에 여유가 생기는 느낌이었다. 책을 펼쳐든 팔의 아름쯤 되는 그 공간에는 책 속의 이야기와 나의 느낌, 초록색 표지로 된 책을 읽었을 때의 옛 기억, 그리고 책 바깥의 지금에 대한 생각들이 자유롭게 오갔다. 예전에 비하면 입체적인 책 읽기인 셈이다.

총 5부로 되어 있는 『레 미제라블』은 3부까지는 등장인물인 팡틴, 코제트, 마리우스를 각 부의 제목으로 하고 있다. 그러다 4부에 이르러 '플뤼메 거리의 서정시와 생 드니 거리의 서사시'라는 긴 제목으로, 주춤하였으나 그래도 이어져 가고 있던 프랑스혁명기 파리 사람들의 모습을 그려내고 있다. 한 사람 한 사람으로 있을 때는 눈여겨볼 것 없는 비참한 사람들이지만, 모여 군중이 되었을 때는 놀랍도록 생기발랄하며 자유롭고 숭고한 기운을 지니고 있는 사람들이다. 이 장엄한 책의 제목을 '레 미제라블'이라 한 빅토르 위고의 마음에, 경외감이 들기도 했다.

어린 시절의 풀리지 않던 의문도 해결할 수 있었다. 바르고 선한 사람 장 발장이 왜 미리엘 주교의 은촛대와 그릇을 훔쳤는지. 장 발장은 십구 년 만에 바깥세상으로 나왔으나, 그에게 먹을 것을 주고 재워주는 사람은 없었다. 돈도 있고 출소 증명서인 통행권도 있으나 소용없었다. 장 발장은 분노했다. 자기 자신, 자신을 배척한 사람들, 그를 받아들여준 주교님에게, 어쩌면 신에게조차 분노했다.

주교관에서 보낸 따스한 시간도 그의 성마른 분노를 욱이지는 못했다. 그렇다고 장 발장이 즉흥적인 충동과 분노로만 그런 행위를 한 것은 아니다. 한밤중에 잠에서 깨어난 장 발장은 그 나름대로의 심판대 위에 자신과 사회를 올려놓고 냉정히 생각했다. 빵을 훔친 것은 사실이니 스스로 죄를 인정했고, 지나치게 오랫동안 자신을 가두고 감옥에서 노동을 착취한 사회에도 유죄를 내렸다. 그 치열한 과정을 위고는 수십 페이지에 걸쳐 자세히 묘사하고 있다. '선한 사람이 도둑질을 할 리 없다.'는 단순 명제로 언뜻 재단할 수 없는 일이었다.

1862년에 처음 출간된 『레 미제라블』은 출간 일주일 만에 1쇄가 매진되었고, 어린이 동화로 번안된 것을 포함하여 이십여 년 동안 500만 부를 출판했다는 기록이 있다고 한다. 그야말로 독자들의 호응이 열렬한 '대중소설'이라 하겠다. 이만한 사유를 따라갈 수 있고 열광적으로 반응했던 그 시대의 평범한 지성들이 놀랍다. 오늘날에는 인간 존재에 대해 이처럼 깊이 있고 집요한 사유를 담은 소설을 찾아보기도 어렵거니와, 그에 공감하고 호흡하는 뜨거운 반응을 기대하기도 어려운 것이 사실이다. 문자가 발생한 수천 년 전 이래, 아니 어쩌면 그보다 더 오랜 세월 동안 깊어져 오고 넓어져 오던 우리 인간의 사유는 지금도, 앞으로도 그러하리라고 과연 장담할 수 있을까.

프랑스혁명에 대해서도 새롭게 이해했다. 『레 미제라블』은 우

리가 흔히 알고 있는 프랑스혁명의 해, 성난 군중들에게 바스티유 감옥이 무너지고 '인권선언'이 선포되던 1789년만을 다루고 있지 않다. 그로부터 사십여 년 뒤의 이야기, 혁명으로 공화정이 수립되었으나 왕당파의 반격이 이어지고, 로베스피에르의 공안 위원회와 보나파르트 나폴레옹의 제정과 몰락을 거쳐, 부르봉 왕가가 복귀되는가 하면, 1830년 7월 혁명으로 '시민의 왕'이라 불리던 루이 필립이 등장하던 당시를 그리고 있다. 생 드니 거리의 바리케이드에 마리우스와 그의 벗들과 '비참한 사람들'이 모여든 1832년의 여름 뒤에도 프랑스혁명은, 1848년의 2월 혁명과 1871년의 파리코뮌을 거쳐 공화국 체제가 안정되기까지 백 년 가까이 이어져 왔다. 혁명과 반혁명이 엎치락뒤치락하고, 프랑스혁명의 정신이 파급되기를 원하지 않았던 전 유럽의 반대 세력과도 싸워야만 했다. 아버지 세대를 거부하던 아들들이 다시 아버지가 되어 젊은 날의 자신과 맞서는가 하면, 한때의 열혈 혁명가가 권력을 쥐자마자 도로 프랑스 민중을 탄압하기도 했다. 성미 급한 젊은 혁명가들이 서로 갈라져 싸우거나, 그 와중에 사람의 목숨을 가벼이 여긴 적도 많았다. 수많은 사람들이 혁명에 열광하고, 지치거나, 때로 절망하였다. 벅차거나, 쓰라리거나, 절망하거나, 그 모든 과정들이 다 장구한 프랑스혁명의 한 부분이었던 것이다. 절망과 좌절, 분노와 아픔이 많은 우리 현대사도 한번쯤 긴 눈으로 살펴볼 만하리라 생각된다.

위고의 믿음과 낙관을 보다

어쩌다 보니 근 이십 년마다 한 번씩 『레 미제라블』을 읽게 되었다. 대여섯 살 무렵 동화책 『장 발장』으로, 그리고 이십 대 중반, 또 사십 대 중반. 그렇다면 이십 년쯤 후에도 다시 읽게 될까. 그럴 것 같다. 그때 내 나이는, 빅토르 위고가 이 책을 세상에 내놓던 무렵을 조금 지났을 터이다.

위고는 망명 시절에 이 작품을 썼다고 한다. 2월 혁명 뒤로 열렬한 공화주의자가 된 그는, 나폴레옹 3세의 제정이 시작되자 이십여 년 이상 프랑스를 떠나 살아야만 했다. 불안정한 떠돌이 생활과 고립된 가난 속에 아내와 아이를 잃었고, 공화제라는 이상의 실현은 멀어져 보이는 반면 나폴레옹 3세의 제정은 탄탄해지고 있던 때였다. 자칫 이상이고 신념이고 다 놓아버리고도 싶었을 가난하고 쓸쓸한 시기에 이러한 이야기를 썼다는 것이 놀랍기만 하다.

훗날 다시 『레 미제라블』을 보게 되면, 노년에 이른 그의 마음이 크게 다가올 것 같다. 보던 책에서 눈을 떼고 생각에 잠기는 여백의 시간도 더 길어지리라. 꿈꾸고, 세워지고, 헝클어지고, 무너지고, 다시 또 조심스레 꿈꾸어온, 역사라 불리는 인간의 시간들……. 천진하고 아름답고 선하나, 이기적이고 탐욕적이며 추하고 잔인하기도 한 사람들……. 노년에 이른 사람은 그 모든 과정을 거쳐 그 모든 것을 보아왔을 것이다. 회의하고 좌절하며 절망했던 시간도 많았을 터이다. 하지만 '그럼에도 불구하고'란 말을 품고 다시 추슬러 살아오기도 했다. 그럼에도 불구하고 인간의 선한 의지는 역사적 시간을 관통하며, 그럼에도 불구하고 다른 사람의 고통에 공감할 줄 아는 이들은 존재하며, 그러한 사람은 아름답다는 믿음. 빅토르 위고가 『레 미제라블』을 통해 보여준 것은 그러한 믿음과 낙관이다.

이십여 년 뒤 위고의 책을 다시 손에 들고 있을 내 모습이 궁금해지기도 한다. 그때 만난 『레 미제라블』은 또 어떤 느낌을 새로이 가져다줄까? 위고의 믿음과 낙관이 노년에 이른 나에게도 부디 스며 있기를.

앤 시리즈 (전 10권)

루시 M. 몽고메리 지음 | 신지식 옮김 | 창조사 | 1964

콤플렉스와 자존심은
우리의 힘

김진애 도시 건축가

(사)인간도시컨센서스 공동대표이자 인간도시아카데미 명예 교장이다. 이십 대에는 서울대학교 공대의 800명 동기생 중 유일한 여학생이었고, 삼십 대에는 MIT 건축 석사와 도시계획 박사였으며, 사십 대에는 미국 시사 주간지 《타임》지가 선정한 '21세기 리더 100인' 중 유일한 한국인이었고, 오십 대에는 4대 강 사업에 감춰진 진실을 파헤친 열정적인 18대 국회의원이었다. '사람은 테마, 공간은 그릇, 정치는 인생에 대한 것'이라는 소신으로 '김진애너지'라는 별명처럼 열심히 에너지를 나누며 살고 있다. 지은 책으로 『왜 공부하는가』, 『이 집은 누구인가』, 『우리 도시 예찬』, 『인생은 의외로 멋지다』, 『나의 테마는 사람, 나의 프로젝트는 세계』, 『인생을 바꾸는 건축수업』 등 약 25권의 저서가 있으며, 현재 팟캐스트 '김진애의 책으로 트다'를 진행하고 있다.

"누구나 콤플렉스가 있다. 누구나 나이를 먹는다. 삶은 계속된다. 인생은 문제투성이다. 힘들고 외로워도 인생에는 의외로 멋진 순간들이 있다. 그 멋진 순간을 잘 찾아낼 줄 아는 사람은 훨씬 더 행복하다. 집은 소중하다. 어디에서 살든 나의 집, 우리 동네로 만들고 싶다. 나무와 숲과 강과 바다와 바람과 골짜기, 자연은 보물 창고다. 상상의 유쾌한 힘은 인생을 크게 키운다. 사람 이야기에는 끝이 없다." 내가 『앤』 이야기에서 찾은 배움들이다.

많은 사람들이 그러했을 것처럼 어릴 적엔 나도 『빨강머리 앤』 달랑 한 권만 알고 있었다. 그러다 중학교 2학년 시절, 다니던 학교의 영어 선생님(이화여자중학교의 신지식)이 『앤』 시리즈 전체를 번역한 책이 나왔다 하여 전 열 권을 다 읽게 되었다.

어릴 적에 읽은 축약판 동화와는 완전히 달랐다. 대개의 동화들이 "그리고 그들은 행복하게 살았다.And they lived happily ever after." 라는 식으로 끝나곤 해서 나는 영 찜찜해했었다. '그래서 어떻게 되는데? 정말 행복하게 살았을까? 사랑하면 다 된 거야? 왕자님을 만나면 끝나는 거야? 공주님을 구하면 다 된 거야? 집으로 돌아가면 다 된 거야?' 같은 의문들을 가졌다. 소소하지만 정말 고민되는 의문들. 구질구질한 일상이 비집고 들어갈 틈이 없는 것 같아서 동화 속 환상들이 어린 마음에 못마땅했던 것이다.

그런데 『앤』이야기 전 열 권은 나의 석연찮던 심정을 완전히 풀어주었다. 그 천방지축 소녀가 처녀가 되고 아내가 되고 엄마가 되고 이웃이 되고 선생님이 되고 작가가 되고 할머니가 되는구나! 인생엔 가지가지 일도 많구나! 온갖 갈등이 있구나! 그 길어 보이는 인생도 지는구나! 사람은 가도 삶은 이어지는구나! 이 책 덕분에 나는 인생이란 꽤 긴, 끊임없이 다른 문제, 다른 과제 들에 부딪치는 과정이라는 의식을 일찍부터 가질 수 있었던 것 같다. 『앤』이야기의 가장 큰 덕목이다.

마지막 편에서 앤의 막내딸 라일라가 자존심 높고 고집 센 성격으로 실수를 연발하는 모습이 나오는데, 꼭 그 시절의 앤 같다. 이웃집에 케이크 배달하는 모습을 좋아하는 소년에게 들킬까 봐 시냇물에 케이크를 던져버리는 장면에서 어찌나 웃었는지 모른다. 어린아이의 어이없는 행동에는 다 그럼직한 이유가 있는 것이다. 스스로 깨달을 때에 어린아이는 엄청나게 성장한다. 어쩌면 그리 엄마를 빼닮았을까? 분명 앤을 빼닮은 소녀들이 지금도 수없이 실수를 저지르고 얼굴 빨개져 가면서 스스로 크고 있을 것이라는 상상이 기분 좋다.

삼라만상에 이름을 붙이는 재주

『앤』이야기가 다른 사람들에게보다 내게 더 특별했던 점을 꼽는다면, '집'에 대한 무한한 사랑이다. 내가 건축과를 택한 것에 『앤』이야기도 작용했었을까? 무의식 속에서 그랬을 것 같기도 하다.

고아라서 더 그랬겠지만, 앤은 유독 집에 대한 애착이 강하다. 마릴라 아주머니와 매튜 아저씨의 그린게이블스Green Gables 집에 흠뻑 반하는데, 사실 집 자체로 보면 그리 특별하다고 할 집은 아니다. 그린게이블스, 우리말로 초록색 지붕 집은 그 지역에서는 흔한 집들 중 하나일 뿐이다. 그런데 소녀 앤에게 그 집은 어떤 의미로 다가왔는가? 살고 싶은 집, 내가 속하고 싶은 집, 다시 돌아오고픈 집, 지키고 싶은 집이 되었다.

앤이 인생을 통해서 만나는 집마다에 갖은 상상력을 동원해서 붙이는 이름들은 아주 재미나다. 이름을 붙이고 이름을 불러줘야 비로소 존재하게 된다던가. 신혼 시절 살던 작디작은 '꿈의 집'

에서부터 대가족을 이뤘던 시절에 포플러 나무들이 주르르 서 있던 '노변장'까지. 심지어 앤은 잠깐 하숙생으로 살던 집에서도 애틋한 이야기를 만든다. 아본리 마을의 교사 생활을 뒤로 하고 레이먼드 대학을 다니게 되었을 시절이다. 벽난로 옆을 지키는 도자기 개 인형 '고구와 마고구'(이 이름이 정확한가? 내 기억에 분명 이 이름이다.)에 홀려서 한 집에 꼭 살고 싶어 한다. 집주인이었던 독신 할머니들은 그 사연에 끌려서 집을 빌려주었을 뿐 아니라 나중에 앤에게 이 도자기 인형을 유산으로 남겨주기까지 했다. 우리가 집과 사물에 이야기를 부여하면 그것이 각별한 사연이 되고 추억이 된다.

앤이 결혼할 때 마릴라 아주머니가 집에 대해서 한 말은 아주 멋지다.

"집은 탄생, 죽음, 결혼으로 완성된다지. 이 집에서 죽음도 있었고, 아기도 태어났고, 이제 네가 결혼식을 한다. 그린게이블스가 이제 드디어 집으로 완성되는구나!"

이 뜻이 너무도 좋아서 나의 책 『이 집은 누구인가』에 인용하기도 했었다. 내가 사는 집에서도 결혼식이 있으면 좋겠고, 아가들이 태어나면 좋겠다. 그리고 내가 오래 살던 집에서 눈을 감을 수 있다면 얼마나 뜻깊겠는가?

앤은 삼라만상에 이름을 붙이는 데 각별한 재주가 있다. 활짝

꽃 핀 사과나무를 면사포에 비유하는가 하면 가지가지 오솔길에 비밀 이름을 붙이고 '구부러진 다른 길'을 꿈꾸고 친구 다이아나와 숲속 큰 나무 아래서 요정놀이를 하고 프린스에드워드 섬의 얼어붙은 겨울 바다를 묘사하는데, 그 솜씨가 정말 매혹적이다. 나는 앤의 공간 감각과 이름 짓기 감각이 부러워서 이야기 가득한 듯 보이던 내 모교 이화여중·고 곳곳에 이름을 지었고, 다니던 골목길, 언덕길, 모퉁이, 가게에 별명을 붙여주는 버릇이 생겼다. 그 덕분에 나의 공간 감각과 이름 짓기 감각도 꽤 발달했거니와 지금도 이 버릇은 계속되고 있다.

외모 콤플렉스는 모든 소녀의 권리

『앤』이야기의 매력은 무엇보다도 앤이라는 '사람'에게서 나온다. 어떤 소녀든, 어떤 여자든 앤에게 금방 친밀감을 느끼고 동질감까지도 갖게 되는 이유는 분명하다. 앤의 콤플렉스에 절절하게 공감할 수밖에 없으니까 말이다. 홍당무 같은 빨강머리, 얼굴 가득한 주근깨가 아니더라도 외모 콤플렉스를 갖는 것은 모든 소녀의 '권리'이기조차 하지 않은가. 어느 하나 내세울 것 없다는 심정, 누구도 날 좋아해주지 않을 듯한 외로움, 하고 싶은 말을 마음껏 하지 못하는 답답함 등 앤의 열등감과 고독감과 불안에 공감하지 않을 소녀가 이 세상에 어디 있단 말인가. 게다가 앤은 고아이기까지 하니 말이다.

그럼에도 불구하고 앤의 그 빵빵한 자존심에 매혹되지 않을 소녀가 또 어디 있으랴. 적극적으로 자신의 자존심을 표현하는 방식에 공감하고, 자존심을 내세우는 용기에 박수를 보내고 나도 그렇게 해보리라는 격려를 받게 된다. 많은 소년들이 톰 소여나 허클베리 핀의 모험을 꿈꾸듯, 많은 소녀들이 앤의 진취적인 용기를 꿈꾸는 것이리라.

'닮고 싶은 소녀 캐릭터' 삼총사를 꼽는다면 단연 『앤』 이야기의 앤, 『작은 아씨들』의 둘째 딸 조, 만화 『캔디 캔디』의 캔디일 것이다. 다들 별로 예쁘지 않고, 씩씩하고, 유쾌하고, 개성적이고, 자존심 강한 캐릭터들이다. 신데렐라, 백설 공주, 오로라 공주, 소공녀처럼 아름답고 특별한 신분이 아니라 보통 사람들이 닮고 싶고, 닮을 수 있다는 희망을 주는 캐릭터들이라서 더 마음이 간다.

흥미롭게도 이 소녀 캐릭터들은 다들 남자 복이 터진다. 앤의 길버트 블라이스, 조의 로리와 미스터 베어, 캔디의 안소니와 테리우스와 스테아. "이야기 속에서나 그럴 뿐 현실에서는 예쁜 여자가 대세야!"라는 '미모 우세론'이 내 소녀 시절에도 무성했고 지금도 완강하지만, 나는 그렇게 생각하지 않았고 지금도 그렇게 생각하지 않는다. "너무 아름다운 여자는 가까이하기에는 멀게 느껴져. 완벽하게 예쁜 여자는 괜히 부담스러울 뿐이야. 말이 통하는 여자가 매력적이지. 말이 통해야 관계가 생기고 친구도 많아지고 오래가지!"

『앤』이야기를 읽으면서 나는 이렇게 자기 최면을 걸었고, 이러저러한 경험들이 쌓인 지금은 더욱 굳게 이 '캐릭터론'을 믿는다. 지나치게 예쁘지 않고, 씩씩하고, 유쾌하고, 개성적이고, 자존심 확실한 캐릭터들이 남자와 훨씬 더 잘 지낼 수 있다. 콤플렉스를 갖고 있어야 사람이 사람다워지고, 사람 맛이 나고, 사람 사는 맛이 더해진다. 서로의 콤플렉스를 보듬어주는 관계가 친구 관계이고 오래가는 남녀 관계다. 외모론보다 매력론에 확신이 선 것이다.

『앤』이야기가 정말 그럼직했던 것은, 앤의 그 콤플렉스가 나이 들어서도 여전했던 것 때문이다. 붉은색이 엷어지기는 했지만 여전히 앤의 머리칼 색은 열등감의 원천이다. 어릴 적 남편 길버트와 가까이 지냈던 금발의 옛 여자친구가 등장하자 그녀와 함께 웃는 길버트의 모습에 질투를 느끼고, 더 이상 남편이 자신에게 끌리지 않는다는 생각에 괴로워하고, 자신을 절대로 인정하지 않는 이웃과 친척들 때문에 마음을 끓이는 등 완벽하지 못한 앤의 모습이 오히려 진정 인간답다. 우리는 콤플렉스를 이기는 것이 아니라 콤플렉스와 함께 살아가는 지혜가 늘어가는 것일 뿐이다.

인생의 시기마다 『앤』이야기를 다시 찾게 된다. 나는 책이 마음에 들면 되풀이해서 읽는 버릇이 있는데 『앤』이야기도 막 읽고 난 후 전후좌우를 그려내기 위해서 다섯 번은 다시 읽었고, 그 후에도 몇 년에 한 번씩 다시 꺼내 읽곤 했다. 행복한 느낌을 갖고 싶

ANNE OF GREEN GABLES

빨강 머리 앤

L.M. 몽고메리 지음／신지식 옮김　　　창 조 사

1

을 때, 아직 세상은 살 만하다고 여기고 싶을 때, 상상하고 싶어질 때, 평온함을 느끼고 싶어질 때다.

인생의 시기마다 특정 편만을 꺼내 읽기도 했다. 대학 다닐 때, 연애할 때, 아기를 가졌을 때, 아이를 키울 때, 아이들이 장난꾸러기였을 때, 나의 딸들이 이 책을 읽기 시작했을 때 꺼내 읽은 편이 다 다르다. 한 권을 꺼내 읽기 시작했다가 전 편을 처음부터 다시 읽은 적도 많다. '따스한 햇살, 살랑살랑 부는 바람, 푸르른 나무 밑, 포근한 이불 속, 번지는 미소, 터지는 웃음'을 떠올리면서 말이다.

앤의 사고뭉치, 공부, 사랑, 결혼 이야기 이상으로 내가 좋아했던 것은 앤의 아이들이 자라는 이야기였다. 아들 셋, 딸 셋이 벌이는 가지각색 사건 사고들은 다채롭고 생생했다. 큰아들 젬이 정들어버린 개와 결국 이별하게 되는 사연은 내가 나중에 개를 키우고 하늘나라로 보낸 후에 더욱 각별해졌다. 어릴 적 친척 집에 보내졌을 때 충격을 받고 자기가 친자식이 아닐지도 모른다는 불안을 겪는 아이, 용돈을 모아 엄마에게 생일 선물로 목걸이를 사 드렸는데 그것이 가짜임을 알고 자책하는 아이 등 참 아이들은 얼마나 진지하고 정직하고 순수한가. 어떻게 어린아이의 마음을 헤아려줄까, 어떻게 간직할 수 있을까?

원래 『앤』이야기와는 별도로 쓰였다는 『앤의 친구들』과 『앤과 마을 사람들』 두 편은 흥미진진한 옴니버스다. 이 두 책을 처음 읽을 때는 앤이 안 나와서 섭섭했는데, 나이 들면서 이 두 책을 다시 찾아 읽는 일이 많아졌다. 이 세상에는 수많은 보통 사람들이 각기 사연을 가지고 자신의 인생 이야기를 써 내려간다는, 그래서 하나하나의 인생이 뜻깊다는 느낌이 참 좋다. 세상이 알아주지 않아도, 평범하기만 한 인생처럼 보여도 모든 사람의 삶에는 엄청난 드라마가 담겨 있다. 그 삶의 주인공에게 그 인생은 가장 특별한 스토리이다. 자신의 삶의 뜻을 돌아보게 되는, 친구와 이웃을 돌아보는 힘을 주는 책들이다.

모든 소녀에게는 앤의 속성이 있다

『앤』 이야기를 읽으면서 그 풋풋함과 순수함은 백 년 전 이야기라 가능한 것이 아닐까 하는 생각도 했었다. 상대적으로 평화로운 캐나다의, 오염되지 않은 시골 마을 이야기라서 가능한 게 아닐까도 생각했었다. 실제로 열 번째 권의 마지막 부분에 등장하는, 1차세계대전에 파병된 아이들의 전사와 부상 이야기 외에는 고통스러운 사회악들이 『앤』 이야기에는 별로 등장하지 않는다. 생로병사, 질투, 오해, 기다림, 인내, 외로움은 있어도 폭력, 범죄, 음모, 착취, 소외와 같은 끔찍한 현실은 없다.

소녀가 주인공으로 나오는 다른 소설들과 비교도 해봤다. 박경리의 『토지』에서 소녀 최서희의 처연한 처지와 결연한 의지는 그 상황에서 얼마나 절박했던가. 자신을 향해 조여오는 세상 속에서도 일기를 써 내려갔던 안네 프랑크Anne Frank는 비참함 속에서도 얼마나 자신의 존재를 소중히 여겼던가. 나의 소녀 시절에 큰 영향을 미쳤던 루이제 린저Luise Rinser의『생의 한가운데』에서 니나가 자유 의지로 선택했던 위험들은 얼마나 고통스러웠던가.

　나는 상상을 해보곤 했다. 만약 앤이 최서희의 상황에 놓인다면, 안네 프랑크의 상황에 놓인다면, 니나의 상황에 놓인다면 앤은 어떤 선택을 했을까? 선택의 용기를 어디에서 구했을까? 행동의 동기를 어디에서 찾았을까? 사람을 향한 따뜻한 마음을 유지했을까? 세상을 향한 긍정적 심성을 유지했을까? 여전히 행복한 세상을 꿈꾸었을까? 나는 지금도 상상하곤 한다. 앤과 같은 소녀는 요즘과 같은 상황에서는 어떤 선택을 할까? 어떤 세상을 꿈꿀까?

　나는 왜 이런 상상을 했고 지금도 계속할까? 우리가 이야기 속의 어떤 캐릭터, 어떤 삶을 각별히 보는 것은 자신을 투사해보기 때문일 것이다. 어떤 소녀, 어떤 여자에게도 앤의 속성이 있다. 다만 각기 부딪히는 삶의 상황이 엄청나게 다를 뿐이다. 각자의 삶의 상황에서 어떻게 살아가느냐, 어떻게 자신의 본질을 유지하느냐, 어떻게 성장하느냐 하는 것은 각자의 선택이다. 비록 이야기 속에서이지만 앤이 앤의 상황에서 앤의 방법으로 앤의 인생을 살아나갔듯이, 나 역시 나의 상황에서 나의 방법으로 나의 인생을 살아갈 수 있으리라, 이렇게 믿어왔고 지금도 믿는다. 모든 소녀들이 그러기를 바란다.

　백 년이 넘도록 우리를 매혹시켰던 『앤』 이야기가 앞으로 또 백 년을 갈까? 그럴 것 같다. 완벽하지 못해서 매력적인 앤이라는 캐릭터는 사람의 자연스러운 본성을 건드리니까. 특히 여자들에게 더욱 각별한 감정을 불러일으킬 테니까. 깊은 콤플렉스와 높은 자존심이 빚어내는 앤의 이야기들은 소녀들을 끌어당길 테니까. 내가 앤의 활력 찬 인생을 통해 나의 깊은 콤플렉스를 들여다보고 높은 자존심을 세우려 했듯이, 미래의 소녀들 역시 활력 있는 삶의 동기를 찾아내려고 할 테니까. 인생에 대한 생생한 긍정과 강렬한 사랑은 모든 사람들이 바라는 바일 테니까. 『앤』 이야기는 여전히 우리가 사람답게 살 만한 세상이 가능하다고 믿게 만들고, 생생하고 활기찬 삶을 꿈꾸게 하고, 함께하고 싶은 사람들이 존재한다는 믿음을 지켜줄 테니까.

　"내 이름은 e가 달린 앤이에요!"라고 주장하던 앤의 심정을 다시 떠올려본다. 그 어느 하나 내세울 것 없다고 생각될 때 앤의 콤플렉스를 떠올리고, 세상에 그 어느 하나 특별한 것이 없다고 느낄 때 앤의 자존심을 다시 떠올리리라. 찾으면 나에게도 매력이 있을 터이고, 잘 가꾸면 그 매력은 커질 테니까. 남들이 알아주지 않더라도 여전히 나는 나에게 가장 소중한 존재니까.

　삶에서 중요한 것은 엔딩이 아니라 살아가는 순간들이다. 동화, 소설, 드라마, 영화 같은 이야기들 속에서는 해피엔드냐 새드엔

드냐에 연연하게 되는 심리가 작용하지만, 우리의 진짜 삶이란 생생하게 살아 있는 순간들에 대한 체험이 쌓이는 과정이다. 바로 지금 이 순간 살아 있음을 느끼고, 살아 있음의 의미를 느끼고, 살아 있음의 아름다움을 얼마나 느낄 수 있느냐에 따라 삶의 가치가 좌우되는 것이다.

예감이 든다. 그 장면이 떠오른다. 이번 여름휴가에는 『앤』이야기 열 편을 다시 꺼내 읽고 있을 것이다. 창밖이 잔뜩 얼어붙을 때도 또다시 『앤』이야기를 꺼내 읽고 있을 것이다. 이 느낌, 참 괜찮다.

비밀의 정원 | The Secret Garden

프랜시스 호즈슨 버넷 지음 | 스콧 맥코웬 그림 | 최지현 옮김 | 마루벌 | 2009

우리 모두에게 필요한
기적과 마법의 순간

김용언 언론 협동조합 《프레시안》 기자

연세대학교 영어영문학과와 같은 학교 대학원 비교문학 협동과정을 졸업했다. 영화 전문지 《키노》, 《필름2.0》, 《씨네21》과 장르문학 전문지 《판타스틱》에서 십여 년간 기자 겸 편집자로 일했다. 지은 책으로 『범죄소설, 그 기원과 매혹』이 있고, 옮긴 책으로 『철들면 버려야 할 판타지에 대하여』가 있다.

아이들이 『이상한 나라의 앨리스』나 『거울 나라의 앨리스』, 『나니아 연대기』 같은 이야기에 순식간에 빠져드는 건 전혀 놀랍지 않다. 토끼굴이나 거울, 옷장이 이계異界로 손쉽게 건너뛸 수 있는 관문이라는 설정은, 현실과 픽션의 경계를 흐릿하게 만들며 아이의 상상력을 부추긴다. 나는 초등학교 5학년 무렵까지도 사리분별을 잘 못해서 『거울 나라의 앨리스』를 읽은 뒤 실제로 거울 앞에서 주문을 외워보았지만 아무 일도 일어나지 않았다. 물론 실망이 컸다. 하지만 결국 현실이 아니라는 걸 깨닫게 되더라도, 이야기 자체의 풍요로운 즐거움만으로도 몇 번이고 되풀이해 읽을 때마다 결국 아이를 매혹시킨다는 점이 이 소설들의 장점이다.

이계로 통하는 일상의 사물이 등장한다는 점에서 보면 『비밀의 정원』은 더한층 문턱이 낮다. 무성한 담쟁이덩굴에 가려진, 십

년 동안 사람의 발길이 드나든 적이 없는 잠긴 문과, 그 너머에 놓인 있는 그대로의 자연이라는 설정은 조금 더 심장을 달아오르게 만들 수 있다. 실제로『비밀의 정원』을 읽고 난 다음, 나는 당장 우리 집 마당을 이 잡듯 털었다. 사실 정원이라 할 수는 없고, 그저 큰 나무 다섯 그루와 관목 식물이 조금 있는 정도였지만, 그래도 나무 몸통에 자라난 온갖 잡초들을 뽑아주고, 쥐구멍을 발견하면 얼른 흙으로 메워버리고, 불필요해 보이는 잔가지들을 꺾어주고, 너무 많이 떨어진 나뭇잎들을 쓰레받기에 한데 담아 다시 뿌리 쪽에 뿌려주는 정도의 작은 노동을 하며 시간을 보내기엔 충분했다.

안방 한 켠에 있는 다락방도 내 놀이터였다. 벽의 작은 문을 열면 좁은 디딤대가 나왔고, 그것을 간신히 발 딛고 올라가면 열 살짜리 아이도 허리를 쭉 펴고 서 있긴 힘든 낮은 공간이 나왔다. 그래도 좁은 창문이 있어서 어둡진 않았다. 거기엔 돌아가신 할아버지의 물건들과 엄마 아빠의 옛 물건들이 쌓여 있었고, 아주 오래되고 낡고 변색된 것 같은 냄새가 언제나 떠돌았다. 나는 그곳에 내 마른 인형들을 가져다 두었고, 큰 트렁크 안에 일기장을 숨겨놓았으며, 창문에 바싹 붙어 앉아 좋아하는 동화책을 읽곤 했다.(그럴 때의 가장 좋은 벗은 역시 엘리너 파전의 동화『작은 책방』이었다.)

초등학교 졸업 전까지의 시절을 생각할 때 가장 먼저 떠오르는 것은 언제나 바로 다락에서 시간을 보낸 추억, 마당에서 동네 친구들과 혹은 우리 집 개와 함께 뛰어다니며 곳곳을 탐구했던 추억이다. 어릴 때는, 당사자일 때는 그 경험이 어떤 뜻을 지니는지 모른다. 어른이 되고 나서야 나는 당시의 기억을 곱씹으며 마당과 다락과 옥상이 있는 집에서 성장할 수 있었다는 게 얼마나 큰 행운이었는지 알고 감사하게 되었다. 아이에게 몽상에 잠길 수 있는 공간, 나 이외의 생명체와 함께 시간을 보낼 수 있는 공간이란 얼마나 중요한 것인지. 나는 여전히 그때가 그립다. 그래서 가끔 『비밀의 정원』을 다시 꺼내 읽게 된다. 기억으로나마 어린 시절의 그 공간들을 더듬기 위해서.

우연과 행운의 힘으로 발견한 비밀의 문

메리 레녹스가 고모부와 함께 살러 미셀스와이트 저택에 왔을 때에, 모두들 메리처럼 기분 나쁘게 생긴 아이는 본 적이 없다고 입을 모았다. 그것은 사실이었다. 메리의 얼굴과 몸은 작고 야윈 데다가 머리카락은 푸석푸석하고 표정은 심술궂어 보였다.

인도가 영국의 식민지였던 시절이다. 열 살 소녀 메리의 아버지는 인도의 한 지역을 다스리는 영국 고위 관리였는데 "늘 바쁜 데다가 그 자신도 늘 아팠"고, 굉장한 미인이었던 메리의 어머니는 "관심 있는 것이라고는 오로지 파티에서 사람들과 어울리는 것"뿐이었다. 어머니는 아기를 전혀 낳고 싶어 하지 않았다. 메리는 태어나자마자 유모 손에 넘겨졌다. 유모는 "주인마님을 기쁘게 하려면 가능한 한 아기를 마님 앞에 보이지 말아야 한다는 것을 잘 알고 있었다."

메리는 성장하면서 어머니를 어머니라 불러보질 못했다. "다른 하인들처럼 주인마님"이라고 불렀다. 메리는 자신이 누군가의 자식이라는 걸 의식해본 적이 없다. 그러다 콜레라가 돌았고, 저택에서 부모님을 비롯한 하인들이 순식간에 모두 죽어나갔다. 누구에게도 관심받지 못한 채 혼자 굶주림에 지쳐 방에 드러누워 있던 메리만 살아남았다. 어린 시절부터 부모에게 버려졌던 메리는 자신을 떠받드는 유모와 하인들에게 제멋대로 구는 것에만 익숙해져 있었다. 부모가 죽었다는 사실에 딱히 슬퍼하지도 않았고, 자신이 세상에 홀로 남겨졌다는 사실도 제대로 인지하지 못했다. 결국 메리는 인도에서 갑자기 영국으로 내동댕이쳐지고, 요크셔 지방의 황무지에 있는 고모부 아치볼드 크레이븐의 크고 낡은 저택에 살게된다. "무시무시한 곱사등이"라고 알려진 고모부는 아주 아름다웠던 부인이 갑작스레 숨을 거두고 나서부터 훨씬 더 괴팍해졌고, 홀로 세상 이곳저곳을 떠돌며 인간세계를 등졌다고 했다.

"아가씨가 외로운 건 당연해요. 아마 앞으로 훨씬 더 많이 외로워질 거예요." 메리는 낯선 집에 채 적응하기도 전에 '하면 안 되는 것들'에 대한 주의사항부터 듣는다. 집 안을 함부로 돌아다녀서도 안 되고 고모부를 만나려 해서도 안 되고 심지어 돌아가신 마님이 사랑했지만 지금은 십 년째 잠겨 있다는 황폐한 정원의 정체를 알려고 해서도 안 된다. 메리에겐 뭐든지 금지 상태였다. 무엇보다 그 정원이 궁금해진 메리는 생각한다. "정원을 어떻게 잠근다는 것일까? 정원에는 누구든 들어갈 수 있는데 말이다."

혼자서 저택을 이리저리 헤매던 메리는 자신만큼이나 외로운 붉은가슴울새를 쫓아가다 그 새의 도움으로, 그리고 작은 우연과 행운의 힘을 빌려 담쟁이덩굴 속에 감춰져 있던 비밀의 문을 발견한다. 메리가 그 문을 열고 들어가는 장면은 수없이 다시 읽어도 여전히 온몸이 짜릿해지는, 당장 나 역시 페이지 안으로 뛰어들어 메리와 함께 그 정원 안을 훔쳐보며 숨을 몰아쉬고 싶은 기쁨과 판타지, 경이의 순간이다.

산책로를 따라 상쾌한 바람이 불었다. 바람은 나뭇가지를 흔들었고 정리되지 않은 채 담장으로 늘어진 가지를 흔들고도 남을 만큼 세게 불었다.

메리가 붉은가슴울새 곁으로 다가갔을 때 갑자기 바람이 불어와서는 담쟁이덩굴을 옆으로 밀어냈다. 그런데 그 아래에 뭔가가 언뜻 보였다. 메리는 앞으로 다가가 그것을 만져 보았다. 나뭇잎으로 뒤덮인 둥근 문손잡이였다.

메리는 담쟁이덩굴에 손을 넣고는 덩굴을 이리저리 걷어 냈다. 담쟁이덩굴은 빽빽하게 자랐지만 늘어진 커튼처럼 느슨했다. 몇 줄기는 나무와 쇠손잡이 위에 뒤얽혀 있었다. 메리는 기쁨과 흥분으로 심장이 쿵쾅거리고 손이 떨리기 시작했다. (……) 손에 잡은 쇠로 된 네모 모양의 이것은 무엇일까? 손가락으로 더듬어 보니 구멍도 하나 만져졌다.

그것은 십 년 동안이나 잠겨 있던 문의 열쇠 구멍이었다. (……) 길게 숨을 내쉬고는 뒤를 돌아보며 누가 오는지 살폈다. 아무도 오지 않았다. (……) 메리는 흔들리는 담쟁이덩굴을 젖히고 문을 밀었다. 문은 천천히, 천천히 열렸다.

메리는 미끄러지듯 안으로 들어가 문을 닫고는 문에 등을 기대고 섰다. 흥분과 놀람과 기쁨으로 가빠진 숨을 몰아쉬며 주위를 둘러보았다.

이제 메리는 비밀의 정원 안에 들어서 있었다.

그곳은 사람이 상상할 수 있는 장소 중에서 가장 아름답고 신비스러운 곳이었다.

소설 전반부가, 죽은 것처럼 보였던 비밀의 정원이 아름답게 되살아나길 간절하게 바라며 요크셔 소년 디콘과 함께 정원을 보살피기 시작하는 메리의 모험이 중심이라면, 후반부의 또 다른 주인공은 콜린이다. 얼굴도 본 적 없고 존재조차 몰랐던 메리의 사촌, 아치볼드 크레이븐의 병약한 아들, 아들과 아내의 목숨을 맞바꿨다는 비뚤어진 생각에 아들의 얼굴조차 똑바로 바라보지 못하는 냉혹한 아버지에게 버림받은 열 살짜리 소년. 디콘은 말한다. "(주인님은 도련님이) 태어나지 말았어야 한다는 생각을 하실 거래요. 어머니가 그러는데, 그런 생각이야말로 아이들한테 가장 나쁜 거래요. 사람들이 원하지 않으면 잘 자랄 수 없는 법이니까요. 주인님은 가엾은 아들에게 돈으로 사 줄 수 있는 것이라면 무엇이든 해주지만 아들이 세상에 있다는 것을 잊고 싶어 해요." 비밀의 정원만큼이나 메리에게 존재 자체를 쉬쉬했던 콜린 역시, 메리가 한밤중에 누군가의 울음소리를 듣고 혼자 텅 빈 복도를 헤매다가 찾아냈다.

어른들이 가장 잔인한 점은, "처음에는 내가 너무 어려서 이해를 못할 거라 생각했고 지금은 내가 듣지 못한다 생각"한다는 것이다. 어른들은 아이들 앞에서 태연하게 그 아이의 현재와 미래에 대해 성급하게 진단 내리고 결정지어 버린다. 콜린은 주변 사람들이 모두 자신이 일찍 죽거나 혹은 살아남으면 아버지처럼 곱사등이가 될 거라고 말하는 걸 듣고 자랐다. 심지어 콜린은 "아버지의 사촌"이자 "내가 죽으면 (……) 미셀스와이트 장원을 물려받게" 될 의사에 대해 언급하면서, "(그는) 내가 살지 않기를 바랄 거야."라고 아무렇지 않게 말한다. 콜린은 비싼 물건에 둘러싸인 채, 방 안에 유폐되어 누구의 관심과 사랑도 받지 못한 채 격분과 히스테리와 죽음의 예감에만 시달렸다. 메리와 콜린 둘 다 "보통 아이가 생각하는 것과는 거리가 먼, 낯선 생각에 빠져" 살았다.

더없이 아름다운 치유의 힘

비밀의 정원을 발견하고 그곳을 새롭게 가꾸기 시작한 메리는 콜린
역시 부활시킨다. 메리는 단호하게, 자신보다도 더 말을 안 듣고 심
술궂고 제멋대로인 사촌에게 "잘 들어. 우리 더 이상 죽는 이야기
는 하지 말자. 난 싫어. 사는 것에 대한 이야기를 하자. 디콘에 대해
서 이야기하는 거야. 그러고 나서는 그림책을 보자."라고 단호하게
제안한다. 그리고 마침내 메리와 디콘과 비밀을 공유하게 된 콜린
은 두근거리는 마음으로 휠체어에 탄 채 정원에 들어서고 단숨에
매혹된다. 콜린은 외친다. "난 건강해질 거야! 꼭 나을 거라고! 메
리! 디콘! 난 건강해질 거야! 그래서 영원히, 영원히 살 거라고!" 이
에 감동한 디콘도 거든다. "우리는 도련님이 태어나지 말았어야 한
다는 생각은 하지 말아요. 우리는 정원이 되살아나는 것을 보고 있
는 아이들일 뿐이고 도련님도 그런 아이가 될 거예요. 남자아이 둘
과 여자아이 하나가 봄을 지켜보고 있는 거라고요."

봄 햇살이 무섭기만 하던 황무지를 녹색으로 변화시키듯, 아
이들의 정성 어린 손길이 황폐했던 정원을 더없이 아름다운 마법
의 공간으로 바꿔놓듯, 디콘과 정원이 어린 메리와 콜린의 황폐한
심성을 매만지듯 『비밀의 정원』의 후반부는 더없이 아름다운 치유
의 힘으로 빛난다. 정원과 아이들은 한꺼번에 활짝 피어오르는 꽃
망울처럼, 아름답게 어둠을 밝히는 불꽃처럼 찬란한 생명력으로

들끓는다. 누군가의 관심과 사랑이 필요했던 정원과 아이들은, 그래서 그것이 주어지는 순간 바로 반응하며 부활한다.

『비밀의 정원』을 일차적으로만 해석하여 '아이들은 무조건 태양과 새소리와 녹음이 우거진 곳에서 행복하게 뛰어놀아야 한다, 자연 근처에서 커야만 한다.'는 결론을 내리는 건 곤란한 일이다. 사랑과 관심을 받지 못해 외롭고 엇나간 아이들이 점점 더 마음을 열게 되는 과정을, 『비밀의 정원』은 되풀이해 '마법'이라고 부른다. 다만 그것은 외부로부터 자동적으로, 운명처럼, 원래 그렇게 정해져 있던 것처럼 다가오는 것이 아니다.(이것이야말로 내가 원하는 바를 생각하면 자연히 내게로 온다고 주장하는 책『시크릿』에 나오는, 이른바 '끌어당김의 법칙'과 이들의 '마법'이 구분되는 지점이다.) 어른들은 '아이들은 이런 걸 몰라도 돼. 알면 못써.'라고 미리 규정지으며 삶의 비극과 어둠과 그림자를 감추려고만 들었고 아이들이 그런 비극을 전혀 이해하지 못할 것이라 무시했다. 삶은 곧 고통이라고, 체념하고 견뎌내야만 하는 무엇이라고 정해버린 다음 아이들과 성인의 세계에 엄격한 선을 그어버렸다. 하지만 아이들은 스스로의 힘으로 그 비극의 근원을 찾아내고 응시하고 그러면서 (혼자가 아니라) 친구들과 함께, 정원의 힘으로 함께 과거의 상처를 다독이고 극복해나간다.

아름다운 삶은 원래부터 주어지는 것이 아니다. 비극으로 점철된 삶이라 할지라도 그것을 아름답게 바꿔나가는 노력이 더 중요하며, 그렇게 얻어진 행복은 너무나 소중하기 때문에 반드시 지켜

내야 하는 가치를 획득한다. 어른들은 메리와 디콘, 콜린을 통해서야 비로소 그 진리를 깨닫게 된다. 아이가 어른을, 그리고 스스로를 둘러싼 좁고 편협한 세계를 변화시킨다. 그렇게 적극적으로 자신의 마법의 가능성을 실현시키는 것이다.

『비밀의 정원』이 가장 힘주어 여러 번 되풀이해 말하는 바는, 아이들에게 '물리적인' 정원이 필요하다는 것이 아니다. '자신만의' 정원이 필요하다는 것이다. 그것이 반드시 정원일 필요도 없다. 책이든 그림이든 동물이든, 그 대상은 자유롭게 바뀔 수 있다. 다만 아이들이 그 안에서 즐겁게 성장할 수 있도록 아낌없이 사랑해주고 지켜주고 기다려주는 마음이 필요하다. 그 같은 따뜻한 배려야말로 또한 아이들에게는 진정한 '마법'일 것이다.

그날 오후 이 세상은 한 소년에게 완벽하고, 눈부시게 아름답고, 친절하기 위해 온 힘을 다하는 것 같았다. 순수하고 선한 것에서 얻을 수 있는 모든 것을 한곳에 다 불러 모아 놓은 것 같았다.

아이들에겐, 그리고 우리 모두에게는 이런 기적과 마법의 순간이 필요하다. 정말로.

2부   그때는
　　　　　　 미처 알지 못했던
　　　　　　 인생의 진실들

어린 왕자 | Le Petit Prince

앙투안 드 생텍쥐페리 지음 | 김현 옮김 | 문예출판사 | 1973

사랑에 빠진 사람들은
의미를 찾지 않는다

황경신 소설가

부산에서 태어나 연세대학교 영문학과를 졸업했다. 『나는 하나의 레몬에서
시작되었다』, 『그림 같은 세상』, 『모두에게 해피엔딩』, 『초콜릿 우체국』, 『슬프
지만 안녕』, 『세븐틴』, 『그림 같은 신화』, 『종이인형』, 『생각이 나서』, 『위로의
레시피』, 『눈을 감으면』, 『밤 열한 시』 등의 책을 펴냈다.

어떤 기억은 풍경으로 남는다. 예를 들어 이런 풍경이다. 해바라기와 채송화, 맨드라미와 도라지꽃이 여기저기 피어 있다. 딱히 꽃밭을 만들려고 줄을 세워 심은 건 아니고, 바람이 날라다 뿌려둔 곳에서 흙을 덮고 기다리고 있다가, 저 좋을 때를 골라 멋대로 피어난 꽃들이다. 그래서 그 풍경에서는 꽃향기가 난다. 그러니까 계절은 아마 초여름, 온도는 이십 도에서 이십오 도 사이, 하늘은 푸르고 나무들은 노곤하게 잎을 드리우고 있다. 마당에서는 빨래가 말라가고, 마루 위에는 외할머니가 벗어둔 안경이 놓여 있다. 안경알은 햇살을 받아 무언가를 골똘하게 응시하고 있는 것처럼 반짝인다.

다들 어디 갔을까. 낮잠에서 깨어난 나는 두리번거리며 누군가를 찾는다. 하지만 엄마는 물론이고 외갓집 식구들의 모습은 보이지 않는다. 길을 잘못 들어 낯선 곳에 이른 것처럼, 불안하고 설

레는 오후가 대기 중에 가득하다. 그래서 나는 탐험에 나서기로 한다. 외갓집에 홀로 남겨진 여덟 살짜리 여자아이에게, 다른 할 일은 없으므로.

풍경 속의 나는 해바라기와 키를 재어본 다음 쪼그려 앉아 채송화를 관찰한다. 앉아 있을 때는 몰랐는데, 일어설 때는 발이 저려 조금 휘청거린다. 고만고만한 키로 자라난 앉은뱅이 나무들의 잎을 손가락으로 또르르 훑으며 마당을 가로질러 대문 밖으로 나가 텃밭으로 진입한다. 줄지어 서 있는 옥수수들 사이로 들어가 잘 여문 옥수수 하나를 따서 수염을 헤치고 알을 세어본다. 우리 아기 불고 노는 하모니카는, 옥수수를 가지고서 만들었어요, 동요를 부르며 여물어가는 호박과 깻잎과 고추를 간섭하고, 망울진 도라지꽃의 꽃망울을 터뜨린다. 꽃망울이 팡 터지는 촉감이 손끝에 닿자 불현듯 나쁜 짓을 했다는 자각이 들어 얼굴이 빨개진 채로 대문 안으로 뛰어 들어간다. 나무 두레박을 내려 끙끙거리면서 우물의 물을 한가득 길어 벌컥벌컥 마신다. 두레박을 도로 내리다가 들여다본 우물 속이 깊고 컴컴해서 슬쩍 겁이 난다. 세계가 지나치게 고요하다. 그래서 타박타박 소리를 내어 걷는다. 원을 그리며 걷다가, 사각형을 그리며 걷다가, 창고 앞에 이른다.

아이는 모름지기 문을 보면 무조건 열어야 하므로, 허름한 나무 문을 밀고 들어선다. 창고 안에 고여 있던 서늘한 기운이 덮쳐온다. 창고 안으로 한 발자국, 두 발자국, 세 발자국. 무엇에 쓰는 건지 알 수 없는, 나무나 쇠로 된 기구들이 무거운 그림자를 덮어쓴 채 웅크리고 있다. 누군가의 손때가 묻은, 한때 요긴했지만 지금은 쓸 모가 없어진 물건들이 색채를 잃고 널브러져 있다. 손에 잡히는 대 로 뒤적거리다가 한쪽 구석에 차곡차곡 쌓여 있는 책들을 발견한 다. 중학생, 고등학생이 된 외삼촌과 이모들이 예전에 읽던 책들일 것이다. 건성으로 책을 뒤지던 나의 작은 손이 한 권의 책에 머문 다. 이 정도는 나도 읽을 수 있을 것 같다고 나는 생각한다. 이유는 간단하다. 그 책에는 그림이 있기 때문이다.

첫 장을 열자마자 동물을 잡아먹고 있는 보아뱀이 나온다. 나 는 책에서 눈을 떼지 않은 채 손으로 더듬어 바닥에 흩어진 책들 을 대충 치우고 주저앉는다. 손바닥만 한 창을 통과하여 비스듬히 스며드는 햇빛에 의지하여, 먼지가 나풀거리는 그 은신처에서, 나 는 그 책을 끝까지 다 읽는다. 한 시간, 어쩌면 두 시간 정도였을지 도 모르겠다. 계절은 초여름이 아니었을 수도 있고, 마당에 피어 난 꽃들은 해바라기와 맨드라미가 아니었을 수도 있다. 우물 안으 로 두레박을 내려 물을 길어 올리던 그날은, 다른 날이었을지도 모 른다. 그러나 내 작은 몸이 오롯하게 담겨 있던 그 은신처의 풍경은 선명하다. 그 후로 흘러간 시간들이 그 풍경에 색채와 명암을 덧입 혔다. 어떤 기억은 그렇게 풍경으로 남는다. 어쩌면 풍경이 다시 기 억을 만드는 건지도 모르겠다.

이 책이 왜 어렵다는 걸까

그로부터 칠 년 정도의 세월이 흐른다. 중학생이 된 나는 어느 날 국어 선생님의 호출을 받는다. 선생님의 말씀인즉슨, 중학생들을 대상으로 하는 글짓기 대회가 열리는데, 거기 응모할 독후감 한 편을 써보지 않겠느냐는 것이다. 열다섯 살 즈음의 나는 작가가 되겠노라는 꿈을 품고 일기장이나 노트를 작은 글씨로 메워가는 문학소녀도 아니고, 원고지 칸칸을 또박또박 정연한 논리로 채워 각종 글짓기 대회의 상을 휩쓰는 재능을 갖고 있지도 않다. 굳이 그럴듯한 명칭을 붙이자면 나는 순진한 독자다. 우리 집은 물론이고 친구네 집에 있는 책, 도서관에 있는 책을 닥치는 대로 읽으며 책 속에서 웃고 울고 사랑하고 미워하고 고민하는, 작가들의 이상적인 독자다. 선생님은 그 점을 강조하며, 책을 그만큼 읽었으니 이제 뭘 한번 써볼 때가 되었다고 은근히 강요한다.

그 말씀도 맞는 것 같아 어떤 책에 대해 쓰면 되느냐고, 나는 순순히 묻는다. 책은 자유롭게 선택할 수 있다, 그게 또한 이 대회의 좋은 점이다 하고 선심을 쓰듯 선생님이 얘기한다. 나는 당장 혼란에 빠진다. 머릿속에 무수한 책의 목록이 흘러가지만 하나도 건질 수가 없다. 참으로 기이하게도, 그 순간 문득 그 풍경이 떠오른다. 꽃들의 향기, 햇살의 온기, 먼지 알갱이들이 날아다니던 창고, 그 바닥의 서늘한 촉감 같은 것들이 총체적으로 덮쳐온다. 그날 내가 읽었던 책의 작가가 생텍쥐페리Antoine de Saint-Exupéry라는 것도, 그 책이 엄청나게 유명하다는 것도 알 만한 나이다. 하지만 한 가지 마음에 걸리는 것이 있다. 나는 조심스럽게 선생님께 여쭌다.

"생각나는 책이 하나 있긴 한데요……"

내가 말꼬리를 흐리자 선생님은 눈초리를 올리며 어떤 책이냐고 묻는다.

"어린 왕자……"

선생님의 표정이 일순간 묘해진다. 나는 말을 잘못 뱉었다고 판단한다. 그래서 재빨리 덧붙인다.

"그런데 그 책은 너무……"

내 말이 끝나기 전에 선생님이 끼어든다.

"너무 어렵지?"

내 마음속에 있던 문장은 '너무 쉽지 않나요?'였다. 그러나 선생님의 단호함에 그만 고개를 끄덕인다. 고개를 푹 숙인 것인지도 모른다. 그러고 나는 그대로 물러난다. 이 주일 후까지 독후감을 완성하여 가져오겠다는 약속을 남기고.

그날 오후, 집으로 돌아온 나는 여덟 살의 내가 외갓집 창고에서 가져온 『어린 왕자』를 꺼낸다.

1973년 3월 20일 초판 발행, 1973년 5월 20일 삼판 발행, 쌩떽쥐뻬리 작(그때는 이렇게 표기했다.), 김현 역(그때는 김현 선생을 몰랐다.),

문예출판사(한문으로 쓰여 있다.), 정가 사백 원.

　너무 어려운 책이 아닌가 하던 선생님의 우려가 심장 언저리에 걸려 있다. 이 책이 왜 어렵다는 걸까? 초등학교에 갓 들어간 내가 어느 오후 창고 구석에 앉아 한두 시간 만에 고스란히 읽었던, 덜하고 더할 것도 없이 책의 모든 내용을 다 이해했던(모르는 단어가 있긴 했던 것 같다, 몇 개의 단어에 밑줄이 그어져 있는 걸 보면.) 그냥 동화가 아닌가. 나한테는 쉬운 책인데 선생님은 어렵다고 하시니 뭔가 이유가 있을 것이다.

　그래서 나는 고민한다. 이 책이 쉽지 않은 이유를 찾아야 한다고 생각한다. 별에 사는 왕자가 어느 날 사막에 나타나 여우를 만났습니다, 왕자는 비행기를 고치고 있는 아저씨에게 양을 그려달라고 했습니다, 왕자는 자신의 별에 두고 온 장미를 그리워합니다 같은 이야기를 늘어놓는 것만으로는 독후감을 쓸 수 없다고 생각한다. 그래서 나는 신중하게 책을 다시 읽는다. 맥락을 살피고 행간을 읽고 의미를 찾는다. 한용운의 님이 님이 아니라 조국이듯, 어린 왕자의 양은 양이 아니어야 하고, 사막은 사막이 아니어야 한다. 금빛 꼬리가 달렸다고 해서 여우가 아니다. 당연하지. 여우가 어떻게 말을 해. 장미가 어떻게 불평을 해. 꽃이 말을 하고 별이 웃음을 터뜨리는 시절은 끝났다. 난 더 이상 아이가 아니므로.

　마지막 페이지를 덮고, 온전히 집중하여 열심히 읽었으니 뭔가를 쓸 수 있을 거라 믿는다. 그러나 나는 단 한 줄도 쓰지 못한다.

어린 왕자와 나 사이에 벽이 생긴 느낌이다. 그래서 다시 한 번 읽기로 한다. 그런데 벽의 존재감이 오히려 또렷해진다. 이럴 수는 없고, 이래서는 안 된다. 또 다시 읽는다. 그런 식으로 스무 번인가 서른 번쯤, 되풀이하여 읽는다. 읽으면 읽을수록 벽은 점점 높아지고 단단해진다. 나는 책의 내용을 전혀 이해하지 못한다. 도무지 무슨 이야기인지, 행간과 의미는커녕 내용이 뭔지도 모르겠다. 멍하니 벽을 올려다보며, 그만 포기하기로 한 것은 그로부터 일주일 후이다.

"선생님, 죄송해요. 독후감을 쓸 수가 없어요."

나의 이실직고를 받아든 선생님의 표정에 놀라움은 없다. 그래, 그럴 줄 알았다, 내가 어렵다고 얘기하지 않았니, 하지만 포기하면 안 돼, 방법을 찾아야지. 선생님은 온 세상을 이해하는 얼굴로 서랍을 열어 반듯하게 접힌 종이를 꺼낸다. 얇은 편지지 다섯 장이다.

"내가 대충 써본 거니까 읽어보고, 참고해서 다시 한 번 써보도록 하자."

'그럴 줄 알았다'는 건 빈말이 아니었다. 선생님은 이런 사태를 미리 예견하고, 가이드라인이 될 만한 글을 써두셨다. 처음 두 장은 파란색 펜으로 쓴 글씨다. 제일 위쪽에 저자와 제목이 무려 불어 원제로 쓰여 있고, 중간중간 잘못 쓴 글자 위로 줄이 좍좍 그어져 있다. 뒤의 세 장은 연필로 쓰였는데, 생텍쥐페리의 생애를 정리해두었다. 그 편지지는 지금도 1973년판 『어린 왕자』의 책갈피에 꽂혀 있다. 선생님의 필체는 해독하기가 몹시 힘든데, 아무튼 첫 문장은 이렇게 시작된다.

'물 한 방울, 풀 한 포기 없는 사막 한복판에, 그것도 전혀 예기치 않은 비행기 고장으로 사막 한복판에 외로운 고아가 되어버린 한 조종사 앞에, 동화 속에나 나옴직한 왕자 차림을 한 꼬마가 다가왔다.'

서론은 스토리에 대한 대략적인 설명, 본론은 의미 분석, 결론은 첫째, 둘째, 셋째, 넷째로 일목요연하게 정리되어 있다. 선생님이 이렇게까지 나오시는데, 학생이 도망칠 수는 없는 법이다. 혹 떼러 갔다가 혹 붙여 돌아온 나는 불행히도 더 깊고 캄캄한 혼란에 빠진다. 여덟 살 때 들여다본 그 우물에, 몸과 마음이 몽땅 빠진 기분이다.

우리 모두 한때 그런 세계에서 살았다

누구에게나 자신만의 사랑이 있고 누구에게나 저마다의 어린 왕자가 있다. 사랑의 얼굴이 수천, 수억 가지이듯 어린 왕자의 모습도 우주의 별처럼 무한하다. 사랑에 대한 모든 책을 읽고, 인문학적으로 연구하고 과학적으로 분석하고 심리학적으로 정리한다 해도, 심지어 (그런 일이 가능하다면) 수백 번의 실전을 거듭하여 경험을 쌓는다 해도, 규정지을 수도 없고 안다고 말할 수도 없는 것이 사랑이다.

그것은 개념인 동시에 형체이며, 고유명사인 동시에 끝없이 움직이는 동사이기 때문이다. 그런 대상에 대하여 이야기한다는 것은 무모하고 무의미하다.

1943년 4월에 생텍쥐페리가 『어린 왕자』를 발표한 이후, 그리고 1944년 7월에 작가가 사막에서 실종된 이후, 무수한 사람들이 어린 왕자를 위해 노래를 만들고 시를 쓰고 그림을 그렸다. 내기를 해도 좋은데, 그보다 더 많은 사람들이 『어린 왕자』를 분해하고 분석하고 의미를 탐구했다. 어린 왕자는 더 이상 생텍쥐페리의 창조물이 아니라, 무한하게 확대되고 재생산된 개념이 되었다. 사람들이 코끼리를 삼킨 보아뱀의 의미를, 가시를 키우는 장미의 의미를, 사막과 우물의 의미를, 여우와 길들임의 의미를, 양과 바오밥나무와 활화산과 사화산의 의미를, 소혹성에 살고 있는 왕과 허영꾼과 술꾼과 상인과 점등인과 지리학자의 의미를 찾는 동안, 양을 그려 달라고 조르던 어린 왕자는 사라져갔다. 더 이상 장미가 아닌 장미가 시들고, 더 이상 우물이 아닌 우물이 말라붙고, 더 이상 사막이 아닌 사막은 품고 있던 모든 생명을 잃었다. 구체적인 것들이 추상적인 개념으로 변화하면, 복잡해지고 모호해지고 흐릿해진다.

열다섯 살의 내가 결국 그 독후감을 완성했는지 혹은 머리를 절레절레 흔들며 포기했는지, 이제는 기억이 나질 않는다. 다만 밤하늘을 올려다보며 수천 개의 별이 울거나 웃는 모습을 상상하거나, 어린 왕자에게 말을 걸고 편지를 쓰기에는 좀 우스운 나이가 되었다고 생각하며, 수십 번을 읽었지만 이해할 수 없었던 책을 책꽂이에 도로 꽂아놓던 기억은 어렴풋이 난다. 그렇다고 페이지마다 밑줄을 그어가며 숨겨둔 상징을 찾는 일은 하고 싶지 않았다. 슬슬 어른이 될 준비를 해야 하지만, 그래도 여덟 살의 순전한 마음에 기대고 싶을 나이였으니까.

사랑에 빠져 있는 사람들은 의미를 찾지 않는다. 세계는 오직 사랑 안에서 생성되며, 오직 사랑의 법칙만이 모든 것을 지배한다. 그 세계 안에서는 꽃이 말을 걸고 두레박이 노래를 부르고 사막이 그리움으로 출렁인다. 단 한 사람에 의해 밤하늘의 별들이 한꺼번에 울다가 한꺼번에 웃는다. 우리 모두, 한때 그런 세계에서 살았다. "불과 삼사 년 만에 거장처럼 그리는 법을 배웠지만, 어린아이의 눈으로 세상을 볼 수 있게 되기까지 일생이 걸렸다."고 피카소가 말했다. 일생을 걸 만한 가치가 있다. 그날 그 풍경 속으로 우연히 걸어 들어온 어린 왕자를, 그 모습 그대로 다시 한 번 만날 수 있다면. 다시 한 번 그토록 무모한 사랑에 빠질 수 있다면.

크리스마스 캐럴 | A Christmas Carol

찰스 디킨스 지음 | 퀸틴 블레이크 그림 | 김난령 옮김 | 시공주니어 | 2003

가난한 솔로를 위한
크리스마스 판타지

우석훈 경제학자

프랑스 파리 10대학에서 경제학을 공부했다. 현대환경연구원, 에너지관리공단 등에서 근무했고, 유엔 기후변화협약 정책분과 의장과 기술이전분과 이사로 국제 협상에 참가했다. 이후 한국생태경제연구회, 초록정치연대 등의 단체에서 활동하며, 경제와 사회, 문화와 생태의 영역을 종횡무진 넘나들며 글쓰기와 강연을 활발하게 펼치고 있다. 지은 책으로는 『문화로 먹고살기』, 『아픈 아이들의 세대』, 『음식국부론』, 『한미FTA 폭주를 멈춰라』, 『88만원 세대』, 『직선들의 대한민국』, 『조직의 재발견』, 『촌놈들의 제국주의』, 『괴물의 탄생』, 『디버블링』, 『나와 너의 사회과학』 등이 있다.

2006년 12월 24일, 나는 몇 달째 작업하던 원고를 세 번째 갈아엎고 새로운 모티브를 구상하고 있었다. 그날이 왜 하필이면 크리스마스이브여야 했는지, 특별한 이유는 없다. 어쨌든 그 시절 나는 명절이나 휴일도 딱히 없이 계속해서 원고 쓰는 작업을 하고 있었다. 내가 생각했던 첫 번째 모티브는 '신자유주의 말고 뭐 없어?'라는, 밋밋하고 느낌 없는 모티브였다. 이 모티브를 가지고 절반 정도 책을 쓴 뒤에, 이걸로는 마무리가 어렵다는 생각이 들어 갈아엎었다. 그다음에는 내가 가장 좋아했던 야구 선수인 좌완 정통파 투수 이상훈을 모티브로 했다. 재밌는 작업이기는 했지만 어쨌든 야구 이야기만으로 책 한 권을 다 끌어가기에는 내 능력의 깊이가 모자랐다. 세 번째로 구상한 모티브는 좀 더 직설적으로 생태적인 이야기를 하는 것이었다. 내 양심상 그 방향이 맞기는 했지만 역시 그것으로는 책을 재밌게 만들 자신이 없었다. 결국 세 개의 모티브를 연달아 갈아엎어버린 크리스마스이브 저녁에, 나는 책상에 앉아서 내 안에 들어 있는, 정말 내 스스로 편안하고도 감동적인 무언가를 찾아보자고 생각했다.

그날 밤이었다. 나에게 전업 작가로 움직일 수 있는 계기를 만들어준 『88만원 세대』의 첫 모티브가 그날 잡혔다. '첫 섹스의 경제학'이라고 이름 붙인 첫 장의 앞 페이지들도 그날 썼다. 왜 그날이 크리스마스이브였을까? 하필이면! 그냥 우연이라고 생각한다. 어쨌든 그날 내가 집어든 네 번째 모티브는 초등학교 3학년 때 처음 읽은 찰스 디킨스Charles Dickens의 소설 『크리스마스 캐럴』이었고, 나는 그 이야기를 2000년대 초반의 한국 버전으로 재구성하기로 마음먹었다. 한국의 청년들을 위해 우리가 생각해볼 수 있는 정책을 살펴보는 결론에 해당하는 장은 유령들이 스크루지 영감을 이곳저곳 안내하면서 많은 것을 보여주는 장면을 그대로 차용했다. 나의 형편없는 상상력이라니!

전부는 아니지만, 그간 『88만원 세대』에 대해 쓰인 많은 서평과 평가 들을 읽었다. 그런데 그중 작가 찰스 디킨스 혹은 소설 『크리스마스 캐럴』과 연결해서 그 책을 읽은 사람은 아직 보지 못했다. 디자이너의 오류였다고나 할까? 그렇게 독해할 수 있는 디자인에 나는 실패한 것 같다. 그래도 그 책을 쓰는 내내, 자칫 끝없이 난해하며 도식적으로 빠질 수도 있는 위험을 막아주고 끝까지 길을 잃지 않고 무사히 결론까지 갈 수 있게 해준 것은 『크리스마스 캐럴』이라는 모티브였다. 그럼 이 책의 모티브는 무엇일까? 이 소설은 내 책과는 또 다른, 아주 명확한 모티브를 가지고 있다.

스크루지의 시선으로 이해한 맬서스

'잉여 인구를 줄여준다.decrease the surplus of population'라는 표현은 『크리스마스 캐럴』에서 두 번 나온다. 스크루지가 누군지도 모르면서 그의 사무실로 자선기금을 걷으러 온 신사에게, 가난한 사람들이 죽으면 인구가 줄어 오히려 좋은 것 아니냐는 의미로 스크루지가 이 표현을 쓴다. 요즘 말로 '깜놀'할 말, 깜짝 놀랄 만한 말이다.

> "(……) 크리스마스에 나 자신도 즐겁지 않거니와, 게을러빠진 사람들을 즐겁게 할 여유는 눈곱만큼도 없소이다. 좀 전에 내가 말한 사회 시설들은 나도 후원하고 있으니, 그거면 충분하고, 생계가 궁한 사람들은 그리로 가라고 하시오."
>
> "그리로 갈 수 없는 사람들도 많습니다. 그런 데에 가느니 차라리 죽겠다는 사람도 적잖고요."
>
> "차라리 죽겠다고 한단 말이지…… 그 편이 훨씬 낫겠군. 쓸데없이 남아도는 인구도 줄고."

또 한 번은 유령의 입을 통해 등장한다. '오늘의 크리스마스' 유령은 스크루지가 했던 이 말을 스크루지에게 직접 환기시킨다. 그 맥락은 첫 번째로 등장할 때와 전혀 다르다. 스크루지 가게의 점원 밥 크래치트의 절름발이 아들인 '꼬맹이 팀'이 과연 죽게 되느냐고, 스크루지가 절규하면서 물어볼 때다. 그러자 유령은 이 병약하고 가련한 소년은 결국 죽을 것이지만 당신의 말대로라면 잉여 인구가 줄어서 좋은 것 아니냐고 짓궂게 말한다.

> "안 돼요, 안 돼. 아, 안 됩니다. 선하신 유령님! 제발 저 아이가 살 수 있다고 말씀해 주십시오."
> "미래가 이 환영을 그대로 둔다면, 우리들 누구도 여기서 저애를 볼 수는 없다. 그래서 어떻다는 거냐? 어차피 죽은 목숨이나 다름없다면 차라리 죽는 편이 낫지 않은가? 쓸데없이 남아도는 인구도 줄이고."

잉여 인구, 이 말은 찰스 디킨스가 쓴 『크리스마스 캐럴』이라는, 이제는 고전적 동화로 자리 잡은 이 소설을 독해하는 첫 번째 단초이다. 잉여 인구? 그렇다. 이는 영국의 고전파 경제학자 맬서스 Thomas Malthus의 대표작인 『인구론』의 메인 테마이다. 18세기가 거의 끝나갈 무렵인 1798년에 등장한 이 책은 당시에도 문제작이었지만, 지금도 여전히 문제작이다. 지금은 많은 사람들이 맬서스는 옛날 사람이고 그의 이론은 틀렸다고 쉽게 얘기하지만, 그렇게 간단하게 말할 수 있는 학자는 아니다. 넓은 범위로 보면, 나 역시 신맬서스주의자로 분류될 수 있다. 인간의 경제활동은 늘어나는 반면 생태계는 그와 같은 속도로 늘어날 수 없기 때문에······.

맬서스가 시작한 인구 논쟁은 지금까지도 다양한 각도로 해석되고 재해석된다. 환경이라는 제약 조건에 따른 생명의 삶을 보았다는 점에서 다윈Charles Darwin의 진화론에도 영향을 미쳤고, 최근의 수리생태학도 맬서스의 영향을 많이 받았다. 두 세기가 넘게 지났지만 맬서스가 했던 독특한 생각이 여전히 이토록 중요한데, 그 당시에는 어땠겠는가?『크리스마스 캐럴』이 발표된 1843년은 맬서스가 던진 충격이 절정으로 가는 시점이다. 청년 마르크스Karl Marx가 자본주의에 대한 비판 의식을 정리한『경제학-철학 수고』를 쓴 것도 바로 그다음 해인 1844년이었다.

그 시기에 스크루지의 눈을 통해서 이해한 맬서스의 주장은, 가난한 사람들이 경제적 능력도 없이 무분별하게 사랑을 한 결과 인구가 너무 많이 태어나 기근과 범죄 같은 많은 사회문제가 생겨난다는 것이다. 그리고 그 문제를 사람들 스스로 풀지 못하면 거대한 기근이 들거나 전쟁이 나게 될 것이라는 게 맬서스의 지적이다.

스크루지라는 주인공 캐릭터는 바로 그 맬서스적 인간상이다. 맬서스의 세계에서 스크루지는 적자이자, 정의로운 사람이라 할 수 있다. 사랑하는 약혼녀가 있었지만 돈을 버느라 결국 결혼을 하지 못한 독신 노인, 돈을 충분히 가지고 있음에도 불구하고 결혼을 하지 않고, 그래서 인구를 늘리지 않는 사람. 맬서스의 세계에서 그는 존경받아 마땅한 사람이다.(물론 후기 맬서스 즉 경제학자 맬서스로 오면 그는 부자들의 소비가 중요하다는 것을 강조하면서 입장을 많이 바꾼다.)

여기에 스크루지와 반대되는 두 명의 캐릭터가 설정된다. 가난하지만 많은 식구를 거느리고 있는 스크루지의 점원 봅 크래치트, 그리고 스크루지가 무척 사랑했지만 결혼하자마자 일찍 죽은 여동생 펜의 아들 프레드, 즉 스크루지의 조카. 스크루지가 프레드에게 묻는다. "너 장가는 왜 들었냐?" 프레드가 대답한다.

"사랑했으니까요."

혈연관계에 있는 한 사람과 경제적 계약관계에 있는 또 한 사람. 이 두 가난뱅이의 사랑과 가족을 통해서 찰스 디킨스는 맬서스의 『인구론』의 세계에 있는 인간 유형을 형상화한다. 이렇게 세계를 재구성한 디킨스가 할 일은 '사랑'이라는 거대한 테마 앞에서 수전노 스크루지 영감을 마음껏 조롱하고 겁주는 일이다. 디킨스는 스크루지를 더 이상 물러설 수 없을 데까지 몰아붙이기만 하면 된다. 그렇다고 그보다 더 뒤에 등장한, 현대 소설의 전환점에 있는 도스토옙스키Fyodor Dostoevsky나 카프카Franz Kafka처럼 내면적 고민을 잘 짜인 설정을 통해 버겁게 이끌어낼 필요도 없다. 혹은 실존주의라는 이름으로 인과론을 뒤엎기 위해서, 태양빛이 눈부셔서 살인을 했다는 부조리를 이끌어내야만 했던 『이방인』의 작가 카뮈Albert Camus와 같은 논리 싸움도 필요 없다. 크리스마스니까……

모든 것이 허용된 이 특별한 축제의 날, 디킨스는 말리의 혼령 등 네 명의 유령을 동원하는 것으로 모든 논리를 초월할 준비를 갖췄다. 게다가 애초에 삼 일간에 걸친 사건이 될 것으로 예고되었지만, 결국은 그것도 건너뛰어 크리스마스이브 단 하루에 전부 벌어지는 일로 만든다. 어차피 귀신들이 하는 일인데, 하루든 사흘이든 뭐가 문제일까? 허용된 과잉, 그것이 축제의 정의 아닌가? 게다가 축제 중의 축제, 크리스마스인데.

유령들에게 신 나게 조롱당하고 난 스크루지는 결국 개과천선해서 점원 봅 크래치트의 월급을 대폭 올려주고, 죽을 운명이었던 그의 아들 팀을 치료하고, 그의 대부가 되어준다. 수전노 스크루지가?

우레와 같은 박수 소리, 짝짝짝!

이 소설은 비슷한 시기에 정형화된 『흥부 놀부』와 놀랍도록 유사한 서사 구조를 가지고 있다. 다른 점이 있다면 형인 놀부에게는 스크루지와 달리 아내가 있었다는 것 정도? 스크루지에게 나타난 유령이 우리의 『흥부 놀부』 이야기에서는 동생에게 나타났고, 그로 인해 놀부는 개과천선을 할 기회, 그래서 이야기가 해피엔드를 맞을 기회를 갖지 못했다는 점 정도?

계급적이고 잉여적이며 인구학적인 사랑

맬서스나 디킨스라는 이름을 모르는 사람도, 혹은 『크리스마스 캐럴』이라는 작품을 모르는 사람도 스크루지라는 이름은 들어보았을 것이다. 소설을 통해서든, 간추린 동화를 통해서든 이 이름에 익숙할 것이다. 그러니 어쨌든 이 이야기는 대성공을 거둔 셈이다. 맬서스에 대해 반론을 편 사람도 아주 많고, 맬서스가 틀렸다는 내용의 논문을 쓴 사람도 아주 많다. 그렇지만 맬서스에 반대했다고 해서 모든 이야기가 성공하는 것은 아니고, 또 모두가 유명해지는 것도 아니다. 하지만 스크루지가 등장하는 『크리스마스 캐럴』은 성공했고 유명해졌다.

『크리스마스 캐럴』에는 자본주의가 불안하고 음습하던 그 시절, 우리가 무엇으로 미래를 맞이할 것인가에 대한 간단명료한 메시지가 들어 있다. "그래도 사랑하자." 그렇다고 해서 늙은 스크루지가 갑자기 젊은 아내를 맞이해 출산을 통해서 인구를 늘렸다는 식으로 이야기가 전개되었다면 정말 이상했을 것이다. 그 대신 스크루지는 유령들이 인도하여 깨달음을 준 대로 지갑을 열었고, '크리스마스 정신'에 입각해 빈민들에 대한 구휼을 실천하여 존경받는 사람이 되었다. 편안할 뿐더러 아무도 불편하게 하지 않는 결론이다. 자기 돈 가지고 자기 맘대로 한다는데 뭘!

가난한 사람들이 무분별하게 너무 많은 아이를 낳아서 문제가 된다는 맬서스의 주장을, 찰스 디킨스는 "그러므로 너희는 서로 사랑하라."는 성경 구절로, 그것도 아주 문학적으로 치환하는 데에 성공했다. 인간을 구원할 것은 사랑밖에 없다! 디킨스는 자본주의의 폐해로 우울했던 19세기 중반을 이 메시지로 강타한다. 그리고 『크리스마스 캐럴』은 21세기에도 여전히 전 세계 어린이들이 크리스마스가 되면 한 번쯤 다시 손에 집어 드는 동화가 되었다.

그리하여 우리는 신데렐라 혹은 라푼젤로 상징되는 왕자와 공주들의 사랑과는 전혀 다른, 계급적이고 잉여적이며 또한 인구학적인 사랑에 대한 이야기 하나를 갖게 되었다. 다행인 것은, 지금도 많은 부모들이 꼬맹이 팀의 예정된 죽음 앞에서 눈물을 흘리게 된 스크루지의 이야기를 어린 자녀들이 읽는 것에 아무런 불편함을 느끼지 않는다는 점이다. 승자 독식이 절정과 극한에 달한 한국에서도 말이다. 오, 디킨스의 위대함이여!

여담이지만 스크루지 이야기는 21세기 한국에서도 여전히 유효하다. 개인적인 여유를 위해 결혼하지 않고 솔로로 살아가기로 결심한 사람이나, 아무런 여유가 없어서 솔로로 남을 수밖에 없던 사람에게나, 19세기에 유령들과 함께한 크리스마스의 판타지는 가슴 한 구석을 치고 나갈 것이다.

몽실 언니

권정생 지음 | 이철수 그림 | 창비 | 2012(개정 4판)

우리 시대의 또 다른
몽실 언니들을 위하여

안미란 동화 작가

동국대학교 철학과에서 공부했고 부산대학교 대학원 석, 박사 과정을 통해
아동문학을 연구했다. 1996년에 중편 동화 「바다로 간 게」로 등단했고, 2001
년에 창비 좋은어린이책 창작 부문에서 장편 동화 「씨앗을 지키는 사람들」
로 대상을 받았다. 지은 책으로 『너만의 냄새』, 『내가 지켜줄게』, 『부산 소학
생 영희, 경성행 기차를 타다』, 『안미란 동화 선집』 외 다수의 책이 있다.

2007년 5월, 나는 다행히 지인의 차를 얻어 타고 안동으로 달려갈 수 있었다. 오랫동안 마을 도서관 운동을 하면서 어린이 책을 읽어 온 사람들, 몇 번 만나지 않았어도 보면 그저 반가운 사람들이 거기 모였다. 권정생 선생님이 먼 하늘로 가셨다는 소식에 우리는 그저 황망할 따름이었다.

조탑 마을은 전국에서 몰려든 사람들로 가득했다. 선생님의 유언장 내용 때문에 울다가 웃다가, 천진한 아이들의 노랫소리에 미소 짓다 또 울고. 책과 글로 만난 적은 있지만 얼굴을 마주한 것은 그날이 처음인 사람끼리 통성명을 하느라 소란스럽고. 핏줄로 이어진 사람들보다 어린이, 책, 평화와 같은 말로 이어진 남남들이 가득 모인, 슬프면서도 잔치 같은 이상한 장례식이었다.

뒷줄에 엉거주춤 서서 눈물을 닦던 내 귀에 두 촌로의 목소리가 들렸다.

"그케 유명했든가?"

두 노인은 흙바닥에 주저앉아 이야기를 나눈다.

"'네가 와 선생이라?' 이러니까 '내는 국어 선생'이라케."

외지 사람들이 선생님, 선생님 하면서 찾아오는 걸 의아하게 여긴 마을 할아버지의 질문에 유머 감각이 풍부했던 권정생 선생님이 그렇게 답했었나 보다. 네 번이나 학교를 옮겨 다니며 간신히 초등학교를 마친 권 선생님. 학교에서 가르침을 받은 것은 아니지만 나에게는 영원히 선생님일 수밖에 없는 마음의 선생님.

살아생전에 선생님을 뵌 적은 한 번도 없다. 단지 공모전에 당선시켜 주셔서 감사하다고 인사차 전화를 드렸다가 무섭게 야단맞은 기억만 있다. 낮고 힘없는 목소리였지만 "왜 지금 일어나고 있는 일을 먼 미래의 일처럼 써서 문제의 심각성을 깨닫지 못하게 했습니까?"라며 준엄하게 꾸짖던 분이었으니까.(내가 쓴 동화 「씨앗을 지키는 사람들」은 가까운 미래를 배경으로 종자 전쟁의 심각성을 다룬 과학소설이라 평가받았다. 그러나 종자 전쟁은 미래의 일이 아니고 벌써 오래전부터 현재 진행형이다.)

몽실이는 바로 나였다

내가 권 선생님의 대표작인 『몽실 언니』를 처음 만난 것은 스물아

흡, 동화 작가의 꿈을 막 키우기 시작할 무렵이었다. 어린이도서연구회 합평 모임에서 좋은 작품이라 하기에 사서 읽다가 어린 시절의 나를 만나게 되었다. "고개를 넘어 자꾸 가다가 기차를 타면 아버지한테 갈 수 있을까" 하며 골똘히 생각에 잠기는 몽실이는 바로 어린 나였다.

나는 초등학교에 입학하기 전까지 시골 외가에 맡겨져 자랐다. 마을 앞 신작로 너머로 멀리 기찻길이 지나갔다. 저 길을 따라 가면 엄마가 있는 곳으로 갈 수 있을 텐데 하는 생각에 무작정 길을 떠난 적도 있다. 명절 때에만 오는 아버지는 그 길 끝에서 나타났다. 아버지가 아주 데리러 오실 날이 언제인지 알 수 없던 일곱 살 계집애는 그리움에 지쳐 가뭇한 길 끝을 바라볼 뿐이었다. 몽실이도 나도 가슴속에 기찻길 같은 검은 줄이 길게 그어진 것 같았다.

자신을 재촉하며 손을 잡아끄는 밀양댁에게 몽실이는 묻고 또 물었다. 냉이 꽃이 하얗게 자북자북 피었다. 골목길은 너무도 환하고 따뜻하다. 우물 앞 대추나무 아래까지 끌려가다가 몽실은 갑자기 밀양댁 손을 뿌리쳤다.

"애야, 어딜 가니?"

"내 소꿉 살림 갖고 올게."

몽실은 하마터면 두고 가 버릴 뻔했던 소꿉을 가지러 뛰어 갔다. 뒤란 담 밑에다 모아 둔 사금파리랑 병뚜껑, 구멍 뚫린 고무공, 조롱박한 짝. 구질구질한 소꿉 살림은 건넛집 희숙이와 같이 주워 모은 것이다. 그러나 몽실은 깡그리 혼자서 치맛자락에 쌌다. 그러곤 밀양댁에게로 달려갔다.

"빨리 와! 그까짓 깨진 사기 조각은 뭣 하러 갖고 가냐?"

"이것, 내 살림이야!"

몽실은 소꿉을 싼 치맛자락을 꼭꼭 오불쳤다. 그러고는 밀양댁의 손에 잡혀 종종걸음으로 끌려갔다.

어느 날 정말로 아버지가 그 길을 따라 나를 데리러 왔다. 나는 아버지의 손에 이끌려 급하게 서울로 떠나야 했다. 미처 동네 친구들에게 인사할 겨를도 없었다. 그 와중에도 그동안 알뜰살뜰 모아온 소꿉을 뒤꼍에 묻었다. 깨진 사발이랑 유리 조각, 병뚜껑을 두드려 만든 접시, 못을 갈아 만든 칼, 이모에게 얻은 빈 화장품병…… 무엇 하나도 그냥 놔두고 갈 수가 없었다.

내 소꿉을 파묻은 곳은 외할아버지가 놋그릇을 파묻은 곳이었다. 외할머니는 종종 6·25 때 이야기를 하셨다. 피난민들이 거지떼처럼 몰려와, 익기는커녕 아직 색깔도 새파란 복숭아를 다 따 먹었다고 했다. 그 시절의 어느 날엔가 한밤중에 할아버지는 뒤꼍에 놋그릇을 파묻었다고 했다. 언제 피난을 떠나게 될지 모르는 판국이라 제사 지낼 놋그릇을 잘 감춰둬야 했다.

사실 할머니의 놋그릇 이야기는 매번 조금씩 바뀌었다. 놋그릇

묻은 곳을 들키지 않기 위해 일부러 다른 곳에 흙 판 자국을 만들었다고도 했고 두엄자리 옆을 팠다고 하기도 했다. 6·25 때 피난길에 파묻었다고도 했고, '왜정' 때 일본 순사놈들이 총알을 만든다고 빼앗아 갈까 봐 파묻었다고도 했다. 할머니의 이야기는 일관성 없이 뒤죽박죽이었다. 하지만 할아버지는 놋그릇을 묻긴 묻었고 나는 같은 장소에 나의 소꿉을 묻었다.

『몽실 언니』를 읽으면서 어린 시절의 이런 기억이 떠올랐다. 동화를 쓰려는 이들이 겪게 된다는, 어린 시절의 나와 마주하는 경험을 한 것이다.

우리 아동문학이 낳은 불멸의 주인공

내가 지니고 있던 『몽실 언니』의 두 번째 독자는 나의 어머니였다. 어머니는 문학을 하겠다는 딸을 응원하셨지만 내심 걱정도 많았을 것이다. 제대로 된 직장도 없고, 시집갈 기미도 보이지 않고, 설사 가려 해도 보내줄 사정도 되지 않는 집안 형편 탓에 밤이면 잠이 오지 않았을 것이다. 그러던 어느 밤, 내가 머리맡에 놔뒀던 『몽실 언니』를 말 그대로 잠이 오지 않아 집어 들었다가 그 자리에서 다 읽으셨다. 읽다가 우셨는지 눈이 부어 발갰다.

"애, 이런 책 있으면 더 가져와 봐라."

어머니는 쉬운 말로 간결하게 쓰인 그 책이 읽기 편했다. 무엇보다 어머니와 외할머니가 겪은 시절이 고스란히 살아 있으니 모두 당신의 이야기로 읽힌 것이다. 권 선생님은 다른 저서의 머리말에서 "『몽실 언니』를 마을 할머니들, 시장터 술장수 아주머니, 공사판 노동자 아저씨들까지 읽어주신 것은 정말 기뻤"다고 적었는데 그것이 사실이었다.

어머니의 걱정 덩어리였던 둘째 딸은 용케 등단이라는 걸 하고, 책도 내고, 토끼 같은 딸도 셋이나 낳았다. 나의 막내는 어느덧 열두 살이 되어 내 책꽂이의 『몽실 언니』를 꺼내 읽는다. 종이가 누렇게 빛바랜 책을 휘리릭 넘기던 막내의 눈길은 제 엄마가 처녀 적에 그어놓은 밑줄과, 여백에 적힌 깨알 글씨에 머문다. 내 어머니에서 내 막내딸까지, 세대를 넘어 한 권의 이야기를 읽고 공감할 수 있는 것은 어린이 책이기에 가능한 놀라운 일이다.

『몽실 언니』는 우리 가족뿐만 아니라 많은 이들에게 사랑받았다. 1984년에 초판이 발행된 이후 2012년에 100만 부 돌파를 기념하여 개정 4판이 간행되었으니 정말 오래도록, 널리 읽힌 작품이다. 그 사이에 텔레비전 드라마로 제작되기도 하고, 일본어와 스페인어로 번역되어 외국에 알려지기도 했으니 『몽실 언니』는 명실상부한 한국 아동문학의 고전이다.

작품뿐만 아니라, 주인공인 몽실 언니라는 캐릭터도 우리 민족을 대표하는 캐릭터가 되었다. 아동문학 평론가 원종찬은 몽실 언니를 "한국 아동문학이 낳은 불멸의 주인공"이라 평가한 바 있다. 이런 사실은 아주 반가운 일이지만, 그 이유를 들여다보면 마음이 조금 무거워진다. 몽실이가 우리의 대표 캐릭터가 된 데에는 '시련'이 가장 큰 요인이었기 때문이다.

아동문학을 두고 흔히 동심의 문학 혹은 어린이의 문학이라고 한다. 주인공이 어린이이건 아니건, 아동문학에는 어린이다운 마음이 드러나야 한다고 생각하는 것이다.

『몽실 언니』에도 몽실이가 아이다운 모습을 보이는 장면이 등장한다. 아버지를 떠나는 엄마 손에 이끌려 가며 몽실은 묻고 또 묻는다. "엄마, 어디가?", "이제 가면 안 와?", "윗방 아줌마한테도 아무 말 안 하고 가?", "엄마, 아버진?" 어른인 밀양댁은 그저 발길을 재촉할 뿐이지만, 몽실이는 아이답게 끊임없이 묻는다.

하지만 이런 모습은 초반부의 단 몇 쪽뿐이다. 우리 아동문학의 빛나는 캐릭터인 몽실은 너무 일찍 철이 들어버린다. 가혹한 현실은 몽실이를 어린아이로 머물 수 없게 만든다. 몽실이는 세상 근심을 잊고 오로지 순수한 놀이의 세계로 빠져들 여유가 없었다. 세상을 향한 궁금증과 호기심을 마음껏 펼쳐볼 기회도 없었다.

몽실이는 아주 어린 나이일 때부터 언니이면서 엄마가 되어야 했다. 배다른 난남이를 살리기 위해 거지가 되어야 했고, 아버지가 다른 동생 영득이와 영순이를 안고 눈물을 흘려야 했다. 전쟁과 가난이라는 긴 고통의 터널을 절룩거리며 살아남아야 했다.

그것은 '아버지의 부재' 때문이라고 할 수 있다. 몽실이에게 아버지는 사실상 부재하는 존재이다. 몽실이의 아버지는 나라를 빼앗긴 아버지, 가난에서 헤어나지 못하는 아버지, 끝없는 절망을 폭력과 술로 달래는 아버지, 난리통에 난 난남이에게 제대로 된 이름조차 지어주지 않는 아버지, 자식들이 구걸을 해서 먹여 살려야 하는 슬픈 아버지이다.

몽실이가 다리를 저는 이유에도 아버지가 있다. 살강 마을의 친아버지 정 씨가 찾아온 날, 댓골의 새아버지 김 씨는 어머니 밀양댁과 다툰 뒤, 싸움을 말리는 몽실이를 마루 밑으로 넘어뜨리고 만다. 몽실의 여린 몸 위에 함께 굴러 떨어진 밀양댁의 몸은 그대로 몽실의 다리를 눌렀다.

아비와 어미 모두 몽실이에게는 감당해야 할 "팔자"였다. 몽실이는 "아버진 어디 갔는지 모른다고 해"야 하는 운명이었다. 그런 상황에서 몽실이는 기꺼이 안티고네가 된다.

'모두 춥지 않을까? 저렇게 지키고 있으면 공비들은 마을에 내려오지 못하고, 무얼 먹고 살아갈까?'

"(……) 그렇지 않아요. 빨갱이라도 아버지와 아들은 원수가 될 수 없어요. 나도 우리 아버지가 빨갱이가 되어 집을 나갔다면 역시 떡 해드리고 닭을 잡아 드릴 거여요."

그리스 신화에서 오이디푸스의 딸 안티고네는 크레온의 법, 국가의 법을 어기고 오라버니의 시신을 수습한다. 몽실이도 이쪽이든 저쪽이든 추위에 떨고 밥을 굶는 '사람'을 걱정하지 그의 아비가 누구인지, 그의 이념이 무엇인지, 인민 국기를 내걸어야 할지 태극기를 내걸어야 할지 판단하지 않는다. 그러기에는 모두가 너무나 가엽고 애처로운 생명이기 때문이다. 몽실이는 6·25라는 참화 속의 안티고네가 되고자 한다.

살기 위해 또 다른 전쟁을 해야만 했던

한없이 순하고 인내하는 '어린 어른' 몽실이가 "눈에 파아랗게 불길을 올"리며 분노하는 장면이 딱 한 군데 있다. 의용군 소년인 이순철을 만나는 장면이다. "인민을 못살게 하는 반동분자는 죽여야" 한다는 소년에게 몽실은 "사람을 죽이는 인민군도 같은 반동"이라고 소리친다. "팔을 뒤로 돌려 손깍지로 업힌 난남이를 꽉 옥죄면"서 몽실은 말한다. 사람을 죽이는 건 인민을 위한 게 아니라고. 죽일 테면 죽여보라는 몽실의 눈과 마주친 소년은 결국 고개를 떨군 채 울다가 달아난다.

몽실이가 살던 세상은 어린 소년이 총을 들고 사람을 죽여야 하는 세상이었다. 그런데 지금 세상은 몽실이가 살던 세상보다 더 나아졌을까? 세상에는 아직도 많은 몽실 언니들이 있다. 밀양 송전탑 자리에 허리 굽은 몽실 언니가 있고, 이른 새벽 첫차를 타고 출근해서 절룩이며 계단 청소를 하는 몽실 언니가 있고, 쪽방에서 홀로 냉기를 견디는 몽실 언니가 있다. 다 너 잘되라고 그러는 거라는 부모의 말에 의문을 품지 못하고, 무거운 가방을 아기 업듯 등에 지고 온종일 종종거려야 하는 어린 몽실이도 있다.

권 선생님은 오로지 자식들 배 곯리지 않겠다는 일념으로 새 서방을 찾아가는 몽실의 어머니나, 흑인 병사의 팔짱을 끼고 위층으로 올라가는 금련 언니나 모두 "살아가기 위해 또 다른 전쟁을 해야만" 했던 가엾은 여인들이라고 했다. 나는 시련의 여인은 또 다른 구원의 여인이라고 해석하고 싶다. 몽실의 시련은 여전하지만 몽실이 꿋꿋이 버티며 살아내 준 데에서 우리도 위로를 얻고 희망을 찾을 수 있으니까.

지난겨울, 중국 출신의 이주 여성들과 한글 공부를 하고 글쓰기를 할 기회가 있었다. 중국어와 한글로 어린 시절의 추억을 적으며 함께 웃었던 그 여성들의 얼굴이 떠오른다. 이들과 함께『몽실 언니』를 읽고 싶다. 어려운 말도 없고, 표현은 간결하되, 깊은 평화 애호 사상이 들어 있는 책, 시대와 국적을 초월해서 공감할 수 있는 이야기를 우리 시대의 또 다른 몽실 언니일지 모르는 이 여성들과 함께 읽고 싶다.

15소년 표류기 | Deux Ans de Vacances

쥘 베른 지음 | 김석희 옮김 | 열림원 | 2006

15소년이 남긴
뜻밖의 근본적 물음들

장석준 노동당 부대표

연세대학교에서 사회학을 공부했으며 민주노동당, 진보신당 등에서 진보 정당 운동의 정책 및 교육 활동에 참여했다. 글로벌정치경제연구소에서 지구 자본주의의 위기에 맞선 진보적 사회과학의 재구성에 뜻을 같이하는 이들과 함께 연구 및 출간 사업도 하고 있다. 지은 책으로『사회주의』,『장석준의 적록서재』,『신자유주의의 탄생』,『혁명을 꿈꾼 시대』등이 있고, 옮긴 책으로는『안토니오 그람시, 옥중수고 이전』(공역) 등이 있다.

어릴 적에 내가 가장 좋아한 소설 장르는 의적 이야기였다. 대개 '소년판 세계 문학'이나 그 비슷한 이름을 단 문고본 시리즈 중에서 제일 먼저 찾아 읽고 또 몇 번을 거듭 독파한 게 다 이런 부류였다. 『수호지』, 『로빈 후드』, 『쾌걸 조로』, 『괴도 루팡』…… . SF나 모험 소설에도 흥미를 느꼈을 법한데, 지금껏 기억에 남아 있는 것은 양산박이나 셔우드 숲 이야기들뿐이다. 그나마 다른 장르의 작품들 가운데 인상 깊었던 것으로는 쥘 베른Jules Verne의 『15소년 표류기』가 있다. 이 책은 정말 흥미진진하게 읽고 또 읽었다. 배경을 우주로 바꾼 한국 애니메이션 「15소년 우주 표류기」까지 극장에 가서 본 기억이 또렷하다.

　이 책의 줄거리는 단순하다. 절해고도에 난파했다가 고난을 이겨내고 결국 구조된다는 무인도 표류기의 정형을 그대로 따른다.

다만 주인공이 성인 한 사람이 아니라 여러 명의 소년들이라는 게 특이하다. 때는 19세기 중반(1860년), 뉴질랜드의 오클랜드 항에 정박해 있던 쌍돛대 범선 '슬루기' 호가 출항을 앞두고 갑자기 표류하게 된다. 어른들은 다 하선한 상태였고, 배 안에는 방학을 맞아 여행을 떠나려던 열다섯 명의 소년들(정확히 말해, 열네 명의 체어먼 기숙학교 학생들과 한 명의 흑인 소년 일꾼)만 있었다. 풍랑까지 만나 망망대해를 헤매던 배는 다행히 어느 낯선 땅에 닿는다.

처음에는 잘 몰랐지만 이곳은 대륙이 아니라 섬, 그것도 무인도였다. 소년들은 사람의 흔적을 찾아내기도 하지만, 그것은 과거에 이 섬에 먼저 떠내려왔다가 외롭게 숨져간 또 다른 표류자의 자취였다. 그러나 열다섯 명의 소년들은 좌절하지 않고 배 안에 남아 있던 식량과 물품으로 새 생활을 시작한다. 자기네 학교 이름을 따 이 섬에 '체어먼 아일랜드'라는 이름도 붙이고, 투표를 통해 상급생 중 한 사람인 고든을 지도자로 선출하기도 한다. 소년들만의 '체어먼 공화국'을 세운 것이다.

다른 여느 공화국과 마찬가지로 이 작은 나라에서도 당파가 생기는 것은 피할 수 없다. 흥미롭게도 대립 선은 국적에 따라 그어진다. 상급생 중 미국인 고든과 프랑스인 브리앙이 한 동아리이고, 반대편에는 영국인 도니펀이 있다. 나머지 상급생 가운데 영국인인 월콕스, 웨브, 크로스는 도니펀파이고 백스터, 서비스, 가넷은 영국인임에도 불구하고 고든-브리앙파이다. 여덟 살, 아홉 살인 하급생

들인 젱킨스, 아이버슨, 돌, 코스타는 이런 갈등과는 상관없이 처음부터 끝까지 병풍 역할만 한다. 브리앙의 동생 자크도 등장하는데, 전반부에서는 계속 풀이 죽은 상태다. 나중에 밝혀지지만, 슬루기 호가 표류하게 된 게 실은 자크의 장난 때문이었다. 자크는 그 죄책감에 시달린다. 한편 이런 백인들 뒤에서 묵묵히 수많은 허드렛일을 해치우는 흑인 소년이 있다. 항해부터 낚시, 요리까지 못하는 게 없는 견습 선원 모코다.

모험 소설이 다 그렇듯이 이 이야기도 중반을 넘어서면서 급박하게 위기로 치닫는다. 일단 내분이 일어난다. 2대 지도자로 선출된 브리앙과 그의 라이벌 도니펀 사이의 갈등이 심해져 도니펀파가 무리에서 이탈한다. 엎친 데 덮친 격으로 이때 외적까지 쳐들어온다. 선상 반란을 일으킨 악당들이 몇몇 인질과 함께 체어먼 섬에 상륙한 것이다. 인질 중 한 명인 미국 여성 케이트(이 소설의 유일한 여성 등장인물)가 용케 악당들로부터 도망쳐 나와 소년들에게 이 사실을 알린다. 조금 뒤에는 케이트의 친구인 에번스도 합류해 브리앙파에게 원군이 되어준다. 물론 집 나갔던 도니펀파도 과거의 과오를 뉘우치고 본대에 복귀해 함께 싸울 채비를 갖춘다. 마침내 일전이 벌어지고, 역시 정의가 승리한다. 에번스를 통해 체어먼 섬이 실은 남미 대륙 남단과 아주 가깝다는 사실을 알게 된 소년들은 정든 섬을 떠나 육지로 향하다가 마침내 지나가던 기선에 구출된다. 난파한 지 이 년 만이었다.

체어먼 공화국의 시민이 되고 싶던 소년

이 소설은 일본 번역본의 제목을 따라 우리나라에는 '15소년 표류기'로 알려졌지만, 원제는 '이 년 동안의 휴가'다. SF 소설의 시조격인 프랑스 작가 쥘 베른이 1888년에 쓴 작품이다. 쥘 베른이라고 하면 이 작품 말고도『80일간의 세계 일주』,『해저 2만 리』,『지구 속 여행』등 지금도 청소년 권장 도서 목록에서 빠지지 않는 걸작들을 많이 쓴 작가이다. 그런데도 나는 유독 이『15소년 표류기』를 가장 흥미진진하게 읽었다. 왜 그랬을까?

곰곰이 생각해 보니『15소년 표류기』에는 의적 소설들과 묘하게 만나는 대목이 있다. 의적들에게는 반드시 은거지가 있게 마련이다. 그곳은 때로 양산박처럼, 산채 수준을 넘어 하나의 작은 나라를 이루기도 한다. 어린 내게는 이게 정말 신 나는 대목이었다. 세상은 부패하고 타락한, 악당들이 설쳐대는 곳이다. 의적들은 이러한 세상에 맞서 싸운다. 동시에 의적들은 이런 세상으로부터 벗어난, 자기들만의 세상을 만들기도 한다. 거기에는 같은 이상과 열정을 지닌 동지들이 함께한다. 그들은 모두 평등하고 우애로 하나된다. 그곳에서의 삶은 얼마나 즐겁고 흥미진진할까. 아마도 나는 108명이나 되는 의적들보다도 그들이 한데 모인 양산박이란 곳의 삶을 더 동경했던 것 같다.

열다섯 명의 소년이 세운 체어먼 공화국도 이와 비슷한 데가 있다. 쥘 베른은 슬루기 호에서 어른들을 모두 하선시켜 버렸다. 그에게는 나이가 많아 봐야 열네 살(우리로 치면 중학교 2학년이다.)인 남자 아이들만이 필요했다. 작가는 이들이 기성 문명으로부터 벗어나 그들의 문명을 새로 시작하는 모습을 그리고자 했다. 의적들처럼 스스로 선택해서 그렇게 된 것은 아니지만, 어쨌든 그들은 어른들의 세상과 단절돼버렸다. 이 책에 흠뻑 빠질 무렵의 나와 비슷한 나이의 주인공들은 새 세상에서 자기들끼리 살림을 꾸리고 질서를 만들며 나라의 틀을 갖춰나갔다. 비록 여기에도 파벌 대립은 있지만, 어른들의 세상에 비하면 댈 게 아니다. 결국 모두가 힘을 합쳐 '나쁜 어른들'의 침입에 맞서 승리를 거두지 않았는가. 이 이야기를 닳고 닳도록 곱씹으며 나 역시 기꺼이 '체어먼 공화국'의 시민이 되고 싶었다.

하지만 이것은 삼십여 년 전의 이야기다. 이제 나는 체어먼 섬의 소년들보다 그들의 부모와 더 가까운 나이가 되었다. 그리고 그동안 세상에는 수많은 일들이 있었다. 민주화만 되면 대한민국이 마치 체어먼 공화국처럼 될 것만 같았던 순진한 기대는 보기 좋게 배반당했다. 세상의 다른 어딘가에 체어먼 공화국과 비슷한 나라들이 있을 거라는 희망도 현실 사회주의권의 붕괴, 신자유주의의 지구화 등을 거치며 무너져버렸다.

회의와 좌절의 시간 동안, 내 독서 목록에는『15소년 표류기』뿐만 아니라 윌리엄 골딩William Golding의『파리대왕』(1954년 발표)도

올라왔다. 『파리대왕』은 어찌 보면 『15소년 표류기』의 거울상과도 같은 작품이다. 골딩 자신은 이 책이 아니라 다른 무인도 표류기들을 주로 참고했다고 하지만 말이다. 골딩의 소설에서도 무인도에는 소년들만 남는다. 20세기 소설답게 이번에는 핵전쟁이 배경이다. 전쟁을 피해 안전지대로 이송되던 소년들이 비행기 사고로 외딴섬에 불시착하게 된다. 한 세기 전 쥘 베른의 설정과는 달리, 그들에게는 배 안에 남겨진 풍족한 식량도 없고, 온갖 문명의 이기를 대신해 허드렛일을 해줄 흑인 하인도 없다. 이런 상황에서 몇몇 주인공은 고든과 브리앙처럼 새로운 이성의 질서를 세우고자 안간힘을 쓴다. 그러나 이번의 반대파는 도니펀처럼 문명적이지 않다. 살육을 거듭하면서 점점 문명의 외피를 벗어던지게 된 아이들이 결국 모든 선한 등장인물들을 제압하고 만다. 어른들이 구조하러 섬에 나타났을 때 마주한 것은 어린 야만인 무리였다.

『15소년 표류기』가 19세기의 낙관주의를 과신했다면, 반대로 『파리대왕』은 20세기의 비관주의를 너무 밀고 나간 느낌이다. 『파리대왕』을 처음 읽었을 때도 그랬지만 지금도 골딩의 결론에 백 퍼센트 공감하지는 못하겠다. 여전히 세상이, 인간이 꼭 그렇지만은 않다는 생각이다. 그럼에도 불구하고 『파리대왕』의 독서가 『15소년 표류기』의 잔영에 심각한 의심의 그림자를 드리운 것만은 사실이다. 나는 더 이상 체어먼 공화국의 시민권을 발급받고자 열망하던 그 소년은 아니게 됐다.

제국주의부터 인종주의까지, 추한 진실들

더구나 모처럼 『15소년 표류기』를 다시 손에 들고 살펴보니, 어린 시절에는 눈에 들어오지 않았던 추한 진실들이 훤히 보인다. 너무도 치명적이고 선명한 잘못들이어서 예전에 이 책에 감명받았던 내 동심이 안쓰러워지기까지 한다. 요즘 아이들에게 이 책을 읽히는 것은 지나친 지적 태만이거나 오류라는 생각도 든다. 21세기 청소년 필독 도서에 올라야 할 책은 분명 아니다. 무슨 이유 때문인가?

첫째, 가장 근본적으로 유럽 제국주의의 로망 때문이다. 근대 소설의 효시이기도 한 『로빈슨 크루소』를 포함해, 무인도 표류기라는 장르 자체가 본래 유럽인들의 해상 확장과 직결되어 있다. 유럽인들이 오대양을 휩쓸고 다니기 시작하면서 비로소 난파선 생존자 이야기가 화제에 오르게 됐다. 유럽인 조난자들은 자신을 끌어안아 준 미지의 육지를 태연히 '점령지'라 선언했다. 『로빈슨 크루소』를 읽고 자란(이 부분은 작품 안에서 거듭 강조된다.) 체어먼 섬의 아이들도 이 섬을 자연스럽게 '식민지'라 인식한다. 그나마 '양심적' 유럽인인 쥘 베른은 단 한 명의 원주민도 없다는 설정을 통해 정복자와 원주민 사이의 혈투만은 애써 피한다. 하지만 이런 유쾌하지 않은 '만남'을 배제함으로써 식민주의를 더욱 낭만적인 것으로 만드는 결과를 낳고 만다.

둘째, 노골적인 민족주의가 있다. 이것은 이미 어린 시절에도 좀 언짢게 여겼던 대목이다. 프랑스 소년인 브리앙이 온갖 미덕의 대변자라면, 도니편의 영국인 패거리는 속 좁고 밉살스러운 사고뭉치들로 나온다. 브리앙의 신실한 동무는 미국 출신인 고든이다. '프랑스와 미국 대 영국'이라니, 완전히 미국 독립전쟁의 대립 구도다. 좋게 봐주면, 집필 당시에 이미 남성 보통선거 제도 아래 민주 공화국을 이루고 있던 미국 및 프랑스와, 입헌 왕정 체제이던 영국을 대비시킨 것이라 할 수도 있겠다. 공교롭게도 체어먼 섬의 역대 지도자(제1대 고든, 제2대 브리앙)는 모두 공화제 국가 출신이다. 그러나 이것은 너무 높이 쳐준 것이고, 어찌 봐도 작가의 애국주의가 조야하게 반영된 결과라 하지 않을 수 없다. 영국과의 경쟁에서 밀렸다는 패배감과 시기심으로 가득 찬 프랑스 민족주의의 발로다. 청소년을 대상으로 한 소설에까지 꼭 이런 내용을 담아야 했을까.

셋째, 백인 인종주의가 있다. 흑인 선원 모코야말로 고든이나 브리앙보다 더 무인도의 생존에 필수 불가결한 존재다. 예나 지금이나 『15소년 표류기』의 삽화를 보면, 소년들의 복장은 항상 영국 귀족학교 학생의 품위를 잃지 않는다. 단정한 슈트에 넥타이까지 매고 있다. 무인도에서 이게 있을 법한 일인가. 작가는 이 모두가 모코의 덕이라고 한다. 열두 살 소년이 빨래와 다림질의 귀재였던 것이다! 게다가 모코는 악당들과의 혈전에서 결정적인 무공을 세우기까지 한다. 쥘 베른은 당대의 기준으로는 꽤 인간적으로 흑인 소년을 그렸다고 하겠다. 열네 명의 백인 소년들에게 '거의' 동지 같은 존재로 말이다.

하지만 거의라고밖에 말할 수 없는 이유가 있다. 이번에 『15소년 표류기』를 다시 보면서 뒤늦게 확인한 당혹스러운 진실 때문이다. 백인 소년들은 지도자를 선출하는 선거에서 모코에게는 투표권을 주지 않았다. 일말의 의심도 없이, 흑인 하인은 시민권에서 배제해버렸다. 대개의 아동용 번안물에는 이 대목이 빠져 있는 것 같은데, 원전의 충실한 번역본에는 틀림없이 이렇게 나와 있다. '인도주의자' 쥘 베른으로서도 넘지 못할 장벽이 있었던 것이다. 그것은 뿌리 깊은 백인 인종주의의 벽이었다.

넷째, 누구나 쉽게 눈치 채겠지만, 여성의 철저한 배제다. 제목부터가 15 '소년' 표류기이다. 시대 상황을 따지고 들면, 이게 더 자연스러울 수는 있다. 남녀공학이 아직 낯선 시대였기 때문이다. 그 시절에 여자아이들과 남자아이들이 함께 방학 여행을 떠날 일은 거의 없었을 것이다. 하지만 작가가 이런 남자아이들만의 모험담에 흥미를 느꼈다는 사실 자체가 여성의 부재에 대해 많은 것을 말해준다. 물론 후반부에 미국인 여성 케이트가 등장하기는 한다. 그러나 케이트는 소년들에게 여성이 아니라 '어머니'다.

말하자면 체어먼 공화국은 오로지 형제들만의 공화국이다. 이것은 근대 민주주의의 시작과도 깊은 연관이 있다. 애초에 근대 민주주의는 부르주아지의 민주주의이자 유럽계 백인만의 민주주의였을 뿐만 아니라 남성들만의 민주주의이기도 했다. 흑인 소년 모코가 그랬던 것처럼, 모든 여성들도 선거권을 갖지 못했다. 쥘 베른은 이런 존재인 여성을 처음부터 소년들 사이에 끼워넣는 것을 꺼렸던 것 같다. 여성이 함께 존재하는 공동체가 어떻게 전개될지 그려나갈 엄두가 나지 않았을지도 모른다. 흥미롭게도 골딩의 디스토피아에서도 등장인물들은 모두 남자아이들이다. 동지애를 그리든, 잔혹극을 전개하든 여성은 남성 작가에게는 너무 미지의 존재였나 보다. 아무튼 『15소년 표류기』를 펼쳐든 소녀 독자들에게 이런 사실을 설명하기란 쉽지 않을 것이다.

다섯째, 폭력이 당연시된다. 소년들은 마치 사냥꾼의 DNA라도 이어받은 양 아주 자연스럽게 각종 무기로 동물들을 사냥한다. 텔레비전 속 '병만족'보다 훨씬 능수능란하다. 이것까지는 생존을 위해 어쩔 수 없다고 치자. 소년들은 심지어 악당들과의 막판 대결에서 사람을 향해 능숙하게 총을 쏘고 접전까지 벌인다. 마치 훈련된 병사들 같다. 이 역시 악당과의 싸움이니까 어쩔 수 없는 일일까? 하지만 그 대상이 '악당'이 아니라면? 바로 이 가정이 『파리대왕』의 출발점이다. 아이들이 그 폭력을 서로에게 가했다면? 만약 도니편 무리가 정말 사악한 내부의 적이었다면? 아무튼 총기류로 무장한 십 대에 대한 우리의 감상은 아프리카나 아프가니스탄 소년병 이야기를 전해 들으며 느끼는 것과 같은 비애여야 맞다. 한데 『15소년 표류기』에서는 그런 비감이 아니라 오히려 승리의 짜릿함과 통쾌함을 느끼게 된다. 이것은 독자를 정화시키는 명작에 기대

할 만한 효과는 결코 아니다. 폭력에 관한 한, 이 소설은 '마약'과도 같다.

한마디로 『15소년 표류기』는 19세기 유럽 문명에 도사린 병증의 종합 선물 세트다. 쥘 베른 자신은 1880년대의 시점에서 구세대의 질곡으로부터 벗어난 새 세대의 문명을 그려보고자 이 소설을 썼겠지만, 안타깝게도 그가 그린 세계는 당대 유럽 문명의 모순과 한계를 고스란히 이어받은 것이었다. 나라면 더 이상 아이들에게 이 책을 권하지는 않겠다. 소년들만의 작은 공화국이 어린 시절 내게 안겨주었던 흥분과 동경의 기억에도 불구하고 말이다.

무엇을 이어받고 무엇을 버려야 할까

그러나 이렇게만 이야기하고 말면, 한때 열광했던 작품에 대해 지나치게 야박하기만 한 것 같다. 그래서 좀 단서를 달아야겠다. 『15소년 표류기』는 비록 21세기 어린이들이 그대로 읽기에는 문제가 많은 작품이지만, 다른 각도에서는 여전히 쓰임새가 있을 수 있다. 가령 중·고등학생에게 비판적 독서의 대상으로 추천할 수는 있겠다. 이 책의 내용을 19세기 세계사와 대조하면서 위에 지적한 문제들에 대해 이야기를 나눌 수도 있을 것이고, 『파리대왕』과 비교하면서 인간 본성과 문명의 전망에 대한 두 작품의 상반된 시각에 대해 토론해볼 수도 있을 것이다.

그러고 보니 이 책은 어른들에게도 뜻밖의 생각할 거리를 던져줄 수 있겠다. 아니, 오히려 이제는 성인용 문학 작품으로 읽는 게 더 어울리겠다는 생각마저 든다. 특히 현대 문명에 대한 성찰의 소재로 말이다. 이 대목에서 떠오르는 두 저자가 있다. 한 명은 2009년에 작고한 영국의 좌파 철학자 제럴드 A. 코헨Gerald A. Cohen 이다. 그는 우리말로도 소개된 유작『이 세상이 백 명이 놀러 온 캠핑장이라면』에서, 성악설을 들먹이며 사회주의는 불가능하다고 하는 논변에 맞서 캠핑장의 사례를 제시한다. 캠핑장에서는 누구나 평등하게 서로를 돌본다는 것이다. 인간이 캠핑장에서 그렇게 행동한다면, 사회 전체도 그런 방식으로 작동하지 말라는 법이 어디 있는가.

또 다른 저자는 미국 여성인 레베카 솔닛Rebecca Solnit이다. 그녀의 역작『이 폐허를 응시하라』는 캠핑장 대신 재난 현장에 주목한다. 느닷없는 재해가 일어난 곳에서 사람들은 할리우드 영화에서처럼 약탈하고 폭행하는 게 아니라 서로 배려하고 협동한다는 것이다. 솔닛 역시 이런 사례를 통해, 인간 본성은 어쩔 수 없다면서 대안 사회는 불가능하다고 하는 상투적인 주장을 반박한다.

코헨의 캠핑장과 솔닛의 재난 현장, 이 둘의 공통점은 일상으로부터 벗어났다는 점이다. 캠핑처럼 스스로의 선택에 의해서든 아니면 재난 현장처럼 재앙에 의해서든 인간은 일단 일상과 단절되면 기존 체제에서 익숙했던 것과는 다른 행동 양식을 보이게 된다. 이런 사실로부터 우리는 과연 현 문명과는 다른 미래의 출발점이 될, 인간의 긍정적인 가능성을 확인할 수 있는가? 쥘 베른이 시대를 앞서 간 점이 있다면, 『15소년 표류기』를 통해 바로 이 물음을 던졌다는 점일 것이다. 열다섯 명의 소년이 처한 상황이야말로 캠핑장이면서 동시에 재난 현장이다. 게다가 주인공들도 완전히 신세대다. 쥘 베른이 제시한 답들은 비록 지나치게 시대의 제약에 갇힌 것이었지만, 그가 선구적으로 전개한 이 사고실험만큼은 곱씹어볼 만하다.

그리고 이 경우에도 『파리대왕』이 이 책의 좋은 대화 상대가 되어준다. 쥘 베른은 소년들에게 배에 한 가득 쌓인 식량과 물품을 물려준 반면 골딩은 아이들을 그야말로 맨몸으로 무인지경에 던져 놓았다. 또한 『15소년 표류기』의 등장인물들 사이에는 중학생 정도의 성숙한 청소년이 섞여 있었던 데 반해 『파리대왕』에서는 제일 나이 많은 아이가 열두 살로, 즉 모두 초등학생이었다. 이것은 기성 문명으로부터 이어받은 유산의 정도가 서로 달랐다는 것을 뜻한다. 이런 차이가 두 소설의 상반된 결말에 중요한 요인이 되고 있다.

이런 대조 작업은 우리를 뜻밖의 근본적 물음으로 이끈다. 기존 문명의 유산이 과연 어느 정도나 계승 혹은 단절되는 게 미래의 인간 문명을 위해 바람직한가? 혹은 우리는 무엇을 이어받고 무엇을 버려야 하는가? 너무 추상적인 질문인가? 그렇다면 이 물음을

재벌 기업, 핵발전소, 거대 도시 등등에 대입해보자. 우리의 답은
무엇인가?

　항구에서 너무 멀리 나간 셈인가? 그러나 예기치 않게 난바다
로 표류했던 열다섯 명의 소년들은 이 년간의 모험 끝에 예전보다
훨씬 더 성숙해진 인간으로 돌아왔다. 사실은 '표류기'가 아니라
'성장기'이다. 그러니 우리라고 그러한 '모험'을 마다할 이유가 어디
있겠는가.

빨간 구두(『안데르센 동화집 2』 중에서) | De røde sko
한스 크리스티안 안데르센 지음 | 빌헬름 페데르센 외 그림 | 햇살과나무꾼 옮김
시공주니어 | 2010

순수를 위반하고 싶은 욕망,
그리고 그다음

홍한별 번역가

연세대학교 영어영문학과와 같은 학교 대학원을 졸업한 뒤, 번역가로 활동
하고 있다. 그간 『민주주의는 가능한가』, 『우리집 백신 백과』, 『가르친다는
것』, 『타블로이드 전쟁』, 『권력과 테러』, 『몬스터 콜스』, 『오카방고의 숲속 학
교』, 『가든 파티』 등 다양한 문학 작품과 인문, 사회과학 도서들을 우리말로
옮겼다.

어릴 때 나는 예뻐지고 싶었다. 막연하면서도 간절하게, 예뻐지고 행복해지는 꿈을 꾸었다. 미운 새끼 오리가 어느 날 갑자기 백조가 되어 우러름을 받듯이, 곱게 꾸미고 차려입으면 식구들도 알아보지 못하는 다른 존재가 될 수 있을 것 같았다. 혼자 있을 때, 심심할 때면 숨 쉬듯 자연스레 몽상에 빠졌다. 주로 옛날이야기 책을 재료 삼아 이야기를 만들었다. '옛날옛날에 세상에서 가장 아름다운 공주님이 살았습니다…….' 어느 날 누군가가 다가와 "너 참 예쁘구나! 나랑 친구하지 않을래?" 하는 장면도 마치 주문을 외우듯 되풀이해 상상했다.

어릴 때 나는 주로 혼자 놀았다. 우리 집은 왕복 6차선 도로변에, 어울리지 않게 붙어 있었다. 우리 집이 먼저 있었는데 대문 앞 흙길과 밭 따위를 포장해서 6차선 도로를 놓았으니, 생뚱맞은 것은 우리 집이 아니라 드넓은 도로였겠지만. 그 도로 옆의 우리 집은 성난 강 위에 떠 있는, 흔들리지 않는 배 같았다. 집에 있으면 차들이 우르릉 씽씽 지나가는 소리가 하루 종일 들렸고, 큰 차가 지나갈 때면 창문이 바르르 떨었다. 가끔은 공항에 내려앉으려고 낮게 나는 비행기 소리가 모든 소리를 압도하며 지나갔다.

그 도로 때문에 나는 이웃집도 없고 이웃 친구도 없었다. 안쪽 골목에서 아이들이 삼삼오오 모여 공기놀이도 하고 고무줄뛰기도 하는 줄은 알았지만, 숫기 없는 나는 그냥 집에서 혼자 놀았다. 몇 안 되는 친구들은 주로 도로 건너편에 살았는데 대문 바로 앞을 막아선 신호등 없는 6차선 도로 때문에 건너가기가 쉽지 않았다. 친구네 집에 놀러가기는커녕 학교에서 집에 돌아오는 것조차 날마다 작은 도전이었다. 하교 시간에는 물살 센 검은 강을 건네주는 사공 같은 '녹색 어머니'들도 없어서 나 혼자 눈치를 보아 길을 건너야 했다. 건너다가 신호를 놓쳐 도중에 오도 가도 못하고 중앙선 위에 멈추어 서게 될 때면 가슴이 두근두근 뛰었다. 도로 한가운데에 선 작은 아이를 위해 멈춰 서는 차는 별로 없을 거라고 생각했으니까.

탐나게 아름다워도 가지면 안 되는 것

집 안에서 혼자 놀 때면 그림책에서 본 예쁜 여자를 그렸다. 구불

구불 치렁치렁한 머리카락, 커다란 눈에 긴 속눈썹, 발그레한 뺨, 끊어질 듯 가느다란 목과 허리, 발목까지 덮는 드레스……. 한번은 드레스 자락에 레이스 디테일을 열심히 그려 넣고 있는데 오빠가 슬쩍 보더니 무슨 사람이 이렇게 생겼느냐며 비웃었다. 사람이라고 하기엔 눈이 너무 크고 입과 코는 너무 작다는 오빠 말이 틀린 건 아니었다. 그렇다고 눈 크기를 현실적인 기준에 맞추고 싶지는 않았다. 그래도 놀림을 당하기는 싫어서 그 뒤부터는 집 안에서도 아무도 없을 때에만 그림을 그렸다. 어쩌다 가족들이 다가오면 슬쩍 가려가면서, 완벽한 아름다움에 도달하기 위해 되풀이해서 그리고 또 그렸다. 마론 인형을 가지고 인형 놀이도 무던히 했다. 내 손으로 인형을 움직이고, 내가 인형이 할 말을 대신 해주었지만 그건 내 이야기가 아니었다. 펼쳐지는 것은 주인공인 인형의 이야기였다. 인형 놀이를 하면서 나는 줄곧 생각했다. 모두들 경탄할 만큼 아름답고 누구라도 감동시킬 만큼 마음씨 고운 존재라면 이렇게 말하고 움직이고 살아가겠지. 흙에 묻힌 보석이라 처음에는 아무도 알아보지 못하더라도 언젠가는 누군가 발견해주겠지.

나와 함께 갑시다! 그대는 이런 곳에 어울리지 않소. 아름다운 얼굴만큼 마음씨도 곱다면, 나는 그대에게 비단과 비로드 옷을 입혀 주고 머리에 금관을 씌워 주겠소. 내 성으로 가서 나와 함께 삽시다.

(「들판의 백조」, 『안데르센 동화집 2』 중에서)

이런 행복한 상상에 푹 빠져 있다가 갑자기 문가에서 기척이 나서 퍼뜩 놀란 적도 있다. 놀이에 정신이 팔려 엄마가 방에 들어온 것도 몰랐던 것이다. 어린 마음에도 인형을 가지고 유치한 상상을 펼치며 노는 모습을 들킨 것이 창피했다. 엄마는 오빠와 달리 아무 말도 안 했지만 그래도 나는 쥐구멍으로 숨고 싶을 만큼 부끄러웠다. 그런 일이 있고 난 뒤에는 또 누가 갑자기 들어올지 몰라 인형놀이를 할 때도 될 수 있으면 소리를 내지 않고 인형이 하는 말을 입안에서 우물거렸다. 그러면 아무래도 실감이 나지 않았지만.

게르다는 장화도 장갑도 없이 눈 내리고 황량한 얼음 나라에 서 있었어요. 눈의 여왕이 보낸 눈송이 병사들이 휘몰아쳐 와 게르다는 얼어붙을 듯했지만 용기를 내어 눈의 여왕의 성을 향해 갔어요.(「눈의 여왕」, 『안데르센 동화집 1』 중에서)

소원을 이루려면 때로는 용감하게 나설 줄도 알아야 하는데! 나한테 터무니없이 부족한 건 자신감이었나 보다. 나는 정말 구제 불능의 부끄럼쟁이였다. 그래서 아마 더 도망치듯 동화책 속으로 빠져들었던 것도 같다.

동화책 속이라면 부끄럼쟁이도 소리 없이 티 나지 않게 마음껏 빠질 수 있었다. 나는 안데르센이나 그림Grimm 형제, 샤를 페로 Charles Perrault, 빌헬름 하우프Wilhelm Hauff 같은 작가들(물론 그때는 이런 이름들을 몰랐지만)이 쓴 고전 동화책을 탐욕스럽게 읽었다. 낯설기 때문에 더 그럴듯하고, 상상이 덧입혀져 더욱 달콤하고, 결국은 늘 행복해져 마음을 놓게 해주는 이야기들. 그런데 그렇지 않은 이야기도 있다는 것을 『안데르센 동화집』 뒤쪽에 있는 「빨간 구두」를 읽고 알게 되었다.

옛날옛날, 아주 어여쁘고 가녀린 여자아이가 살았어요. 하지만 너무 가난해서 여름에는 맨발로 돌아다녀야 했고, 겨울에는 발에 너무 큰 나막신을 신어야 했어요. 이 신발 때문에 조그만 발등이 빨갛게 되었는데, 무척 위험스럽게 보였어요!

어여쁜 카렌은 어머니가 돌아가신 뒤 고아가 되었지만, 친절한 노부인이 가엾이 여기고 양녀로 들였다. 그리고 공주님이 신는 것과 같은 눈부시게 반짝거리는 빨간 구두까지 선물로 주었다. 여기까지는 많이 들어본 이야기랑 비슷했다. 이 구두를 신고 무도회에 갔다가 왕자님을 만나 달콤한 사랑에 빠지는 그런 이야기. 그런데 이 이야기는 전혀 다르게 흘러간다.

양어머니는 빨간 구두가 너무 화려하다며 신지 말라고 하는데, 카렌은 자꾸 몰래 신는다. 한번은 혼이 나놓고도 또 양어머니 말을 거역하고는 빨간 구두를 신고 무도회에 갔는데, 구두를 신은 발이 제멋대로 춤을 추기 시작한다. 낮이고 밤이고 춤을 추는 빨간 구두를, 카렌은 도저히 춤을 멈출 수가 없었다. 카렌은 미치광이처럼 춤을 추다가 완전히 녹초가 되어버린다. 그러다 결국 망나니에게 도끼로 발을 잘라달라고 애원할 수밖에 없는 지경에 이른다.

망나니가 카렌의 발을 구두째 뎅겅 자르자, 구두는 발과 함께 벌판을 지나 깊디깊은 숲 속으로 춤을 추며 사라져 버렸답니다.

이건 뭔가 옳지 않았다. 둘 다 예쁜 구두를 신었는데, 신데렐라와 카렌의 운명은 왜 이렇게 달라졌을까? 동화 속에서는 늘 정의가 이루어지는 줄 알았는데, 카렌은 무슨 잘못 때문에 그렇게 가혹한 벌을 받게 된 걸까?

한 번 읽고 난 뒤에, 나는 『안데르센 동화집』을 되풀이해 읽다가 「빨간 구두」 차례가 되면 어쩐지 읽고 싶지 않아 건너뛰었다. 그래서 한 번밖에 읽지 않았는데도, 내 마음속 어두운 곳에는 선연히 붉은 구두와 피 흘리면서 춤추는 발의 이미지가 자리 잡고 말았다. 나는 탐나게 아름다워도 가지면 안 되는 것, 감히 분에 넘치게 꿈꾸면 안 되는 욕망의 대상이 있다는 것을 알게 되었다. 비밀스러운 소망이 도리어 발목을 잡을 수 있으니 두려워해야 했다.

그래도 나는 예쁜 여자 그림을 그릴 때면, 드레스 아래로 삐죽 나온 구두는 계속 빨간색으로 칠했다. 「빨간 구두」를 읽은 탓인지 어쩐지 죄스러운 느낌이 들기도 했지만 다른 색깔은 그만큼 예쁘지 않았다. 연필로 그린 밑그림 선 밖으로 빨간 크레파스가 번져 마치 피처럼 보였다.

엄마 립스틱을 몰래 발랐다가

엄마가 외출을 하려고 화장을 할 때면 나는 늘 옆에 앉아 마술 같은 과정을 구경했다. 엄마가 살색 액체를 얼굴에 펴 바르면 얼굴빛이 환해졌다. 조그만 거울이 달린 콤팩트를 꺼내 비로드처럼 부드러운 분첩으로 얼굴을 살살 두드리면 은은한 향기가 풍겼다. 엄마는 연두색이나 파란색 가루를 눈두덩에 보일 듯 말듯 발랐다. 그리고 마지막으로, 장난감처럼 보이는 작은 붓을 꺼내 붓 끝에 붉은 루주를 묻혔다. 붓으로 윗입술에 산 모양을 두 개 그리고 아랫입술에 둥근 선을 그린 다음 그 안을 메웠다. 입술을 앙다물었다가 뽁 터지는 소리를 내며 벌리기를 두 번 하면 마침내 화장이 끝났다.

엄마가 화장을 하고 고운 옷을 차려입고 거울 앞에서 앞뒤를 비추어본 뒤 외출을 하고 나면 텅 빈 집에 나 혼자 남았다. 그럴 때면 '엄마가 돌아오지 않으면 어쩌지?' 하는 생각에 느닷없이 더럭 겁이 나기도 했다. 하지만 어쩐지 대범한 기분이 들 때도 있었다. 그러면 엄마가 집에 있을 때에는 하지 못하던 일을 했다. 우선 안방 문갑 서랍을 하나씩 열어 안에 있는 물건을 구경했다. 만년필, 수

첩, 도장과 인주, 바늘 쌈지, 구슬 목걸이 같은 것들. 마침내 어느 날에는 엄마 화장품에 손을 댔다. '코티'(당시에 유명한 화장품 브랜드였다.) 뚜껑을 가루가 쏟아질세라 조심조심 열어 냄새를 맡아보고, 엄마가 하는 것처럼 부드러운 분첩을 뺨에다 두드려보고, 붉은 루주를 붓 끝에 묻혀 입술 선을 따라 그려보았다. 열심히 흉내를 내보아도 아무래도 엄마처럼 예뻐지는 것 같지는 않았다. 그림책에 나오는 아이처럼 볼을 빨갛게 칠해볼까? 이런저런 궁리를 하다 보니 시간이 훌쩍 가서 금세 엄마가 올 시간이 되었다. 나는 아무 일도 없었던 것처럼 물건을 제자리에 돌려놓고 깨끗이 세수를 해서 화장품을 닦아냈다. 열심히 닦았는데도 입술에 물든 붉은 기는 잘 지워지지 않았다. 그래도 엄마에게 들키지는 않았다.

그런데 이튿날 아침, 이상한 일이 일어났다. 엄마가 나를 보더니 얼굴에 뭐가 났다고 깜짝 놀라는 거였다.

"수두는 이미 앓았는데…… 왜 뺨에 두드러기가 났지? 얼굴에 뭐 발랐니?"

전날 바른 화장품이 퍼뜩 생각났지만 엄마 화장품을 몰래 가지고 놀았다고 말할 수는 없었다. 엄마는 얼른 나를 데리고 동네 병원에 갔다. 연고를 받아 와서 발랐지만 발진은 가라앉지 않았고 오히려 덧나서 딱지까지 앉았다. 엄마가 걱정 가득한 얼굴로, 흉터가 생길 것 같으니 큰 병원에 가야겠다고 했다. 택시를 타고 여의도에 있는 큰 병원으로 갔다.

내가 기억하기로 그 병원은 복도도, 진료실도 어두컴컴했다. 어쩌면 실제로는 그렇게 어둡지 않았을지도 모른다. 그런데도 그렇게 어둡게 기억에 남은 것은 진료실에 들어서자마자 의사 선생님이 이렇게 물었기 때문인지도 모르겠다.

"엄마 화장품 발랐지?"

내 잘못이 밝혀졌다. 판결이 내려졌고 더 이상 발뺌할 수 없었다. 나는 얼굴이 홍당무처럼 빨개져서는 모르겠다는 뜻으로 간신히 고개를 저었다. 의사 선생님은 "앞으로는 엄마 화장품 바르지 마라." 하고 준엄하게 말하고는 엄마한테 약국에서 상처 연고를 사서 발라 주라고 했다.

그렇게 해서 상처는 아물었지만 딱지가 앉았던 자리에는 흉터가 남았다. 양쪽 뺨에 두어 개씩 조그만 곰보 자국이 패었다. 함부로 예뻐지려고 한 것에 대한 벌이라는 게 정말 있었다. 「빨간 구두」는 이제 다락방 깊숙이 넣어두어야 할 것 같았다.

위반할 수 있는 것이 남아 있지 않을 때

스무 살이 되고 대학생이 되었을 때 「빨간 구두」가 불쑥 다시 떠올랐다. 나는 걸을 때마다 야무지게 또각거리는 소리를 내고, 얼룩 하나 없이 반짝거리고, 피처럼 순수하게 붉은 구두를 신고 싶었다. 눈

꼬리를 어둡고 깊게 칠하고 입술에는 선명하게 붉고 윤이 흐르는 립스틱을 바르고 싶었다. 무언가를 위반하고 싶었다. 순수함을 배신하고 싶었다. 다른 사람의 기대를 거스르고 싶었다. 처녀는 흘려서는 안 된다는 피를 흘리고 싶었다. 카렌이 받은 벌이 부당하다는 생각이 뒤늦게 들었다. 저항도 한 번 해보지 않고 하지 말라는 것을 무조건 참기는 억울하다는 생각을 했다. 스무 살이 되어서 이제야 사춘기를 맞은 늦된 아이처럼, 그런 생각이 들었다. 내가 내가 되기 위해서 할 수 있는 게 뭔가, 더듬더듬 이런 생각을 할 때 떠오른 것이 다락방에 처박아놓은 「빨간 구두」의 이미지였다. 초경初經처럼 미숙한 욕망에는 자기 파괴적 이미지가 제격이니까.

나이가 들면 위반하고 깨뜨릴 수 있는 게 별로 남지 않는다. 지금까지 지켜온 몇 안 되는 것이라도 지키고 싶을 뿐. 스무 살 때에는 벗어던지고 싶었던 고리타분한 도덕심이라든가 염치, 자존심 같은 것을, 이제는 애써 붙들지 않으면 너무 쉽게 속 좁고 꽉 막히고 천박한 사람이 되어버릴 것 같다. 이제 나에게 딱히 순수하고 진실하고 아름답기를 기대하는 사람도 별로 없을 테니. 그렇지만 이미 늙음이 육신에 침범한 지금도 나는 예뻐지고 싶다. 날마다 아름다움을 꿈꾼다.

지금 「빨간 구두」를 떠올리면 금기의 상징보다는 소비 사회의 물신처럼 느껴진다. 나를 완성해주는 것 같은 물건에 대한 욕망이

「빨간 구두」에 겹쳐진다. 주변에서 아무리 그 욕망이 정당하다고 부추겨도 나는 물건 따위로 쉽게 아름다워질 것 같지는 않다. 사실 현실의 테두리 안에서는 아름다워지고픈 욕망을 실현할 수 없다는 것은 이미 오래전에 씁쓸한 교훈을 통해 알지 않았나!

그 대신 어린 시절에 책에서 비롯된 욕망, 책에서 느낀 아름다움이 다시 책 속에서 꽃피기를 바란다. 책을 읽을 때에도 그렇지만 다른 사람의 글을 우리말로 옮길 때에도 한두 마디 글이 아름다움에 가닿기를 감히 바란다. 내가 이룰 수 있는 최고의 아름다움은 책 안에서 이루어질 것이므로, 완벽해질 수 없는 문장이지만 자꾸 쓴다. 돌이켜 보면 카렌의 빨간 구두를 그렇게 탐스럽도록 눈부시게 빛나게 한 것도 안데르센의 글이었으니까.

키다리 아저씨 | Daddy-Long-Legs

진 웹스터 지음 | 김양미 옮김 | 인디고(글담) | 2010

독서와 사랑은
발명되는 것이다

류동민 경제학자

서울대학교 경제학과를 졸업하고, 같은 대학원에서 경제학으로 박사 학위를
받았다. 2014년 현재 충남대학교 경제학과 교수로 재직하고 있다. 지은 책으
로 『기억의 몽타주』, 『일하기 전엔 몰랐던 것들』, 『마르크스가 내게 아프냐
고 물었다』, 『프로메테우스의 경제학』 등이 있다.

『키다리 아저씨』를 처음 읽은 것은 언제였을까? 어쩌면 이 책은 합판으로 만든 작은 나무 책장까지 덤으로 끼워주던 오십 권짜리 『소년소녀 세계문학 전집』속에 들어 있었을지도 모른다. 이 전집은 당시 대놓고 '무지함을 깨우치다'라는 뜻의 이름(계몽)을 내건 출판사에서 나온 '정품'이 있었지만 내게 얻어걸린 것은 엇비슷한 구성의 '짝퉁'이었다. 그 속에 『소공자』와 『소공녀』가 있었음은 분명하게 기억나지만 과연 『키다리 아저씨』도 있었는지는 확인하기 어렵다.

'짝퉁'이 '정품'을 베끼고 다시 그 '정품'마저 '짝퉁'을 베끼는 것이 당연하던 시절, 결국 내가 읽은 것은 그나마 어린이 잡지에 축약되어 실린 다이제스트 판이었을 수도 있다. 그것도 아니면 마치 스쳐 지나간 퀴즈 프로그램의 정답처럼, 어디서 주워들어 내 머릿속에 남은 줄거리가 문학 전집 속에서 스스로 찾아 읽었다는 기억으로 바뀐 것일지도 모른다. 그런데 왜 어른이 되어 다시 읽는 명작이라는 주제로 글을 쓰겠다고 생각했을 때 『키다리 아저씨』가 섬광처럼 떠오른 두세 개의 작품 중에 들어 있었을까? 머리는 마음의 선택을 합리화하는 기제를 갖추고 있는 법. 언젠가 한 번쯤은 그 누군가의 키다리 아저씨가 되고 싶었던 간절한 바람 탓일 수도 있고, 어린 시절 푸른 눈의 '아줌마'(키다리였는지는 확인할 길이 없다!)에게서 필기체 영어로 쓰인 편지와 장학금을 받는 '제3세계 어린이'였던 개인적 기억 탓일 수도 있다. 어쨌거나 그렇게 나는 여학생용 꽃무늬 편지지처럼 예쁜 삽화가 알록달록 그려진 양장본 『키다리 아저씨』를 읽기 시작한다.

고아원에서 자란 주디는 영문도 모른 채, 자신을 후원해주는 아저씨 덕분에 여자대학에서 뉴욕의 상류층 출신, 혹은 적어도 안정된 중산층 출신의 동급생들과 함께 공부를 하게 된다. 후원의 유일한 조건은 아저씨에게 일상을 세세하게 기록한 편지를 쓰는 것. 전형적인 서간체 문학인데, 그나마 드물게 오는 아저씨의 답장은 실려 있지도 않은, 주디 혼자 쓴 편지들만으로 이루어져 있다. 독자는 오직 주디의 편지를 통해서만 아저씨에 대해, 그리고 아저씨에 대한 주디, 주디에 대한 아저씨의 감정의 추이를 짐작할 수 있을 따름이다. 그 아저씨가 부르주아 계급 출신인 룸메이트의 멋쟁이 삼촌이자 주디가 오프라인에서 몇 번이나 만나면서 호감을 키워갔던 인물임이 밝혀지며 책은 해피엔드를 맞이한다.

독일적 사랑과 프랑스적 사랑

사랑에 맞서는 자세에는 두 가지 유형이 있으니, 모든 사랑의 이야기들이란 결국 이 두 가지 유형의 변주에 지나지 않는 듯하다. 그하나는 괴테Johann Wolfgang von Goethe의 젊은 베르테르의 유형, 즉운명적 사랑을 찾았으나 이룰 수 없음, 그 불가능성의 막다른 골목에서 스스로 파국을 찾아 들어가는 것이다. 그 파국은 생물학적죽음은 아닐 수도 있으되 적어도 자신을 이루는 일부의 처절한 소멸로 마무리된다. 다른 하나는 끝없이 새로운 사랑, 찰나적인 깨달음을 던져주면서도 결코 사라지지 않는 그 무엇을 찾아 나서는 것.그 무엇은 카사노바에게는 새로운 성적 매력을 갖춘 여성이겠지만,다른 이들에겐 예술일 수도, 진리일 수도, 현실의 정치권력일 수도있다. 수많은 우연의 겹침으로 말미암아 피할 수 없도록 주어진 사랑 앞에서, 그렇게 누군가는 죽어가고 또 다른 누군가는 끝없는 순례의 길을 떠나는 것이다. 이 두 가지 방식을 누군가는 독일적 사랑과 프랑스적 사랑이라 이름 붙였으나, 굳이 잘 알지도 못하는 서양문화를 들이댐으로써 주눅 들 필요는 없다. 사랑도 '사람의 일'이라면, 변방의 어느 나라인들, 역사의 어느 시대인들, 이미 잊힌 그 어느 사랑인들 그다지 다를 것은 없을 터이므로.

무라카미 하루키村上春樹의 소설 『국경의 남쪽, 태양의 서쪽』을 보면 안온한 삶을 이어가던 주인공 앞에 어느 날 초등학교 시절의 여자 친구가 나타난다. 아득한 어린 시절부터 알 수 없는 힘으로 그의 삶을 빨아들였던, 정체를 알 수도, 말로 표현할 수도 없는 그 어떤 텅 빔(공백)을 안겨주었던 그녀. 휴양지로 함께 떠난 비밀 여행에서 오럴 섹스라는 남성의 전형적인 성적 판타지를 충족시켜준 바로 그날 아침, 그녀는 홀연 사라진다. 그리고 다시금 주인공의 가슴속에 남는 것은 '영원한 결락'이다. 그렇게 사랑은 말해질 수 없는 것, 말해지는 순간 그 의미를 바꾼 채 멀리 도망가 버리는 것이다. 그래서 철학자 에마뉘엘 레비나스Emmanuel Levinas(실은 레비나스의 충실한 해설자인 우치다 타츠루內田樹)는 다음과 같이 말한다.

> 사랑의 대상은 우리의 외부에 있어 나의 지배나 파악을 벗어나 있다. 애당초 내가 지배하고, 파악하고, 통제 가능한 것은 사랑의 대상이 될 수 없다. 나를 똑바로 쳐다보고, 결코 나에게 몸을 맡기지 않는 것, 그러한 것만이 나의 욕망에 불을 붙인다.(『레비나스와 사랑의 현상학』 중에서)

레비나스까지 들먹이지 않더라도, 우리는 애초에 내 마음대로 할 수 없는 대상밖에 사랑하지 않는다. 그렇다면 내 마음대로 움직일 수 있는 것은 이미 사랑이 아닌 셈이다. 우치다는 덧붙인다. "'사

랑'은 '사랑하는 사람'이 '사랑받는 사람'을 지향하는 가운데 경험
된다."

　　우리가 눈앞에 놓인 대상이 '빨간 사과'라고 생각할 수 있는
것은 이미 머릿속에 '빨갛다'라는 관념과 '사과'라는 관념을 갖추
고 있기 때문이다. 물론 그저 관념이 있다는 사실만으로 대상이 내
눈 앞에 나타나지는 않는다. 지성과 미모에 성적 매력까지 겸비한
대상이 어느 날 내 앞에 운명처럼 다가오는 것은 아니다. 사랑할 준
비가 되어 있을 때에야 비로소 사랑은 시작된다. 매력적인 대상이
라고 해서 아무에게나 그 준비가 향해지는 것은 아니다. 그리고 그
준비는 어디까지나 나의 몫이다. 나는 그 누군가를 만난다. 그 만남
이 정수리에 찬물을 끼얹는 듯한 충격이건 사소한 호감의 축적이
건, 어느새 나는 그를 사랑할 수밖에 없음을 발견한다. 이제 사랑의
대상은 그저 존재하는 것이 아니라 나 자신에 의해 만들어지는 것,
그러므로 사랑은 발견되는 것이라기보다 차라리 발명되는 것에 다
름 아니다.

말과 말이 마주칠 때

누가 가르쳐준 것도 아닐 텐데, 얽히고설킨 내 기억 속에서 『키다리

아저씨』의 주디는 커다란 챙이 달린 모자에 공작새 같은 하얀 깃털이 달린 드레스를 입은 배우 오드리 헵번Audrey Hepburn의 이미지로 다가온다. 『소년소녀 세계문학 전집』을 읽을 나이는 훨씬 지난 사춘기 시절, 텔레비전의 추석 특집 외화나 명화 극장 따위에서 몇 번이고 되풀이해서 나온 영화 「마이 페어 레이디」 때문이다. 아름답지만 가난한, 하층 계급의 영어를 툭툭 내뱉듯 말하는 '꽃 파는 처녀'가 있다. 남자 주인공은 그녀를 훈련해 우아한 영어를 말하는 귀부인으로 변신시킨다. 그녀가 저항하는 한편으로 끝내 몸에 붙이게 되는 발음하기 어려운 문장, "스페인의 비는 평야에만 내린다.The rain in Spain stays mainly in the plain."를 한국의 텔레비전에서는 어떻게 표현했던지 기억나지 않는다. '깐 콩깍지인가 안 깐 콩깍지인가'나 '간장 공장 공장장'이었을 수도 있고, 드라마 속의 '가정부'들이라면 예외 없이 쓰던 투박한 남쪽 지방 사투리를 '교양 있는 사람들이 두루 쓰는 현대 서울말', 그 세련됨으로 바꾸는 것이었을 수도 있다.

1990년대 할리우드 영화인 「프리티 우먼」에서 부자 사업가인 리처드 기어Richard Gere는 출장길에 만난 콜걸인 줄리아 로버츠Julia Roberts를 자신이 속한 상류사회로 '끌어올리지만' 사실 그러기 위해 별다른 노력을 하는 것 같지는 않다. 그저 그녀 속에 감추어진 아름다움이 드러난 것일 뿐.

「마이 페어 레이디」에서 남자 주인공이 언어학자라는 것, 그러므로 남자와 여자를 이어주는 수단이 말(언어)이라는 것은 매우 상징적이다. 사랑은 결국 서로 다른 말을 하는 둘 사이의 관계라고도 할 수 있기 때문이다. 그러나 사람과 사람이 마주할 때 각자의 말은 평등하지 않다. 물이 그러하듯 말은 높은 곳에서 낮은 곳으로 흐른다. 그러고 보면 「마이 페어 레이디」에서나 『키다리 아저씨』에서나 남자는 여자보다 많이 배웠고(지적 권력) 돈도 많을 뿐만 아니라(경제적 권력) 나이도 훨씬 더 많다. 즉 다른 모든 것을 제쳐놓더라도 '어른'으로서의 권력을 지니고 있다. 어느 트위터리언의 말처럼 "썰렁한 유머로 좌중을 포복절도할 수 있게 만드는 당신에게 바로 권력은 있다."던가? 평등하게 주어져 있지 않은 말, 그 앞에서 평등해지는 방법은 내가 상대의 높이에 맞추는 것뿐이다. 내가 높은 곳에 있다면 그에게 맞춰 내려가든가 그를 내게 맞춰 끌어올려야 한다. 예수의 말이 '내려가서 맞춤'을 지향하는 것이었다면 「마이 페어 레이디」의 주인공은 '끌어올려 맞춤'을 지향한다.

어쨌거나 그 언어학자는 깐 콩깍지인가 안 깐 콩깍지인가 따위의 발음 훈련에 투하 노동을 들이기라도 했지만, 『키다리 아저씨』는 은둔 전략에 기초하는 적절한 침묵, 어쩌다 한 번씩 그것도 비서를 통해 타이핑해서 던져주는 짧은 편지(라기보다는 메모에 가까운)만으로 주디를 자신에게 맞춰 끌어올리는 데 성공한다. 심지어 주디는 그의 정치적 입장까지도, 독학을 통해 받아들인다.

"있잖아요, 저도 사회주의자가 될까 봐요. 그래도 괜찮죠, 아저씨? (······) 만세! 전 페이비언이 되었어요. 점진적인 변화를 기다릴 줄 아는 사회주의자죠."*

그러므로 이것은 실상 『국경의 남쪽, 태양의 서쪽』의 오럴 섹스보다도 더욱 완벽한 판타지에 다름 아니다. 무라카미의 남자 주인공과 여자 주인공이 신데렐라와 백마 탄 왕자의 현실주의적 변형이라면, 주디와 키다리 아저씨는 오드리 헵번과 언어학자보다도 훨씬 더 낭만적, 판타지적 변형이라 할 수 있다. 주디와 키다리 아저씨의 관계를 남성과 여성, 심지어는 남성과 남성(또는 여성과 여성)으로 바꾸더라도 판타지의 본질은 변하지 않는다는 사실, 이것이야말로 『키다리 아저씨』를 굳이 페미니즘의 문제의식을 담은 경멸의 눈초리로 읽지 않을 수 있는 유일한 읽기 방식이 아닐까? 나는 이렇게 어느새 상대를 끌어올리거나 내림으로써 내게 맞추는 키다리 아저씨보다는 스스로 위치를 이동함으로써 사랑의 대상으로 다가가는, 주체성을 포기하면서도 다가갈 수밖에 없는, 그 버릴 수 없는 희망,

---

* 키다리 아저씨는 사회주의자였다! 아마도 화염병 던지기나 바리케이드 치기에 익숙한 인물은 아닌 듯하지만. 부잣집 아들이었으나 가족들의 속물 근성에 염증을 느끼며 사회 개혁을 바라는, 그러나 부자로서의 삶 또한 적절하게 누리는 온건한 사회주의자? 물론 작품 속에서도 키다리 아저씨의 정치적 입장은 주디의 입을 통해 암시적으로만 등장할 뿐이다. 어쨌거나 헬렌 켈러가 사회주의자임을 결코 배울 수 없었던 것과 마찬가지 이치로 우리는 그가 사회주의자인지 아닌지 따위는 상상조차 할 수 없었던 것이다.

그 처절한 기다림에 감정이입을 하고 있는 것이다.

사랑에 이르는 길, 그리고 침묵

불평등한 말, 아니 좀 더 확장된 의미를 담아 일반적으로 표현하자면, 서로 다른 말을 같게 만듦으로써 대상에 이르는 길을 뚫어내는 것, 이것이 바로 모든 사랑의 숙제일 것이다. 그것은 때로 에로스라는 형식을 취하기도 하고, 때로 이념이라는 형식을 취하기도 한다. 그러므로 변강쇠와 옹녀 커플이건 암울한 시대를 투쟁의 의지로 살아가는 혁명가 커플이건 그 말의 길을 찾아내기 위한 노력이라는 본질에 있어서는 크게 다르지 않을 것이다. 그 노력이 좌절에 부딪힐 때, 우리를 감싸 도는 것은 침묵이다. "제 곡조를 못 이기는 사랑의 노래는 님의 침묵을 휩싸고 돕니다."(한용운,『님의 침묵』) 사랑하는 그(녀)의 침묵, 그것은 상상할 수 있는 가장 큰 절망이자 형벌이 된다.

다시 레비나스를 읽으며 우치다가 덧붙이는 것처럼, 사랑하는 사람과 책은 동일한 메타포를 담고 있다. 책은 이미 쓰여 거기에 있으나 완결된 형태로 존재하는 것은 아니다. 설사 신(하느님)이 내린 말을 그대로 받아 적은 경전이라 하더라도 글자는 고칠 수 없도록 정해져 있으되 그것을 해석하는 것은 독자인 인간의 몫이다. 얼마나 많은 사람들이 책에서 자신들이 원하는 말을 찾아 헤매는가? 혹여 자신들이 원하는 바에 정반대되는, 그것을 부정하는 문제제기를 발견할 뿐이라 하더라도 최악은 아니다. 가장 지독하게 슬픈 독서 경험이란 책이 아무것도 말해주지 않을 때 생겨난다. 책으로 이르는 길, 그 통로가 그저 하얀 종이에 찍힌 글자의 무더기로 뒤덮여 있을 뿐, 그 무더기를 헤집고 들어가 맞건 틀리건 자신만의 의미를 만들어내는 길을 찾을 수 없을 때, 독자는 좌절한다. 그러므로 독서 또한 사랑처럼 발명되어야 하는 것이다. 그렇다면 굳이 수레 다섯 대 분량의 책을 읽지 않더라도, 심지어 정치인의 선거용 자서전이나 금융 상품 안내서 같은 부질없는 문건에서라도 독서는 발명될 수 있으리라. 이것이 완벽한 사랑의 판타지인 『키다리 아저씨』를 어른이 되어 다시 읽고 느낀 단상의 결론이다.

3부

더 힘세고
아름다운 어른으로
살기 위하여

인어 공주 | La Petite Sire'ne
한스 크리스티안 안데르센 지음 | 보리스 디오도로프 그림 | 김경미 옮김 |
비룡소 | 2005

이 깊은 외로움이
끝나지 않는다 해도

고민정 KBS 아나운서

경희대학교 중어중문학과를 졸업한 뒤, 2004년에 KBS 30기 공채 아나운서
로 입사했다. 「무한지대 큐」, 「책 읽는 밤」, 「국악 한마당」, 「생로병사의 비밀」
등 다수의 방송 프로그램을 진행했으며, 라디오 「고민정의 밤을 잊은 그대에
게」 DJ로 많은 이들에게 사랑받았다. 2009년에 중국으로 일 년간의 연수를
떠나 칭다오 대학에서 한국어과 강의를 하기도 했다. 지은 책으로 『그 사람
더 사랑해서 미안해』, 『샹그릴라는 거기 없었다』, 『아뿔싸, 난 성공하고 말았
다』(공저) 등이 있다.

인어 공주는 물거품이 되어 바다로 사라져 버렸습니다.

    며칠이나 됐을까. 어둠이 골목골목에 내려앉고 오래된 가로등이 희미한 불빛으로 깜빡이면 난 또 하염없이 눈물을 쏟아냈다. 물한 모금도 마시고 싶지 않았고 일어나 내 몸을 움직이고 싶지도 않았다. 바닥에 내 몸을 온전히 붙이고 베개에 얼굴을 파묻어야 그나마 사람의 체온이 느껴지는 것 같았다. 사실 사람이 아니라 열선으로 데워진 시멘트였지만. 너무 오랫동안 누워 있어서인지 다리에자꾸 쥐가 나고 온몸이 쑤셨다. 그래도 바닥에서 올라오는 따뜻한위로를 내버릴 수 없어 꾹 참았다. 몸이 아픈 것쯤은 참을 수 있지만마음에 난 상처는 가만히 있어도 자꾸만 핏방울이 맺히던 때였다.

    내 곁엔 나를 응원해주는 대중들이 있어 외롭지 않다……. 틀린 말이다. 내 곁엔 사랑하는 이가 있어 외롭지 않다······. 이 역시 틀린 말이다. 나는 외롭다. 내 곁엔 아무도 없는 것 같다. 아무리 사람들에게 둘러싸여 있어도, 사랑하는 가족이 있어도, 이렇게 한 번쯤은 산그늘이 외로움에 겨워 마을로 향하듯 외로움에 몸부림치게 된다. 그래서 정호승 시인은 "외로우니까 사람"이라고 말했나.

한참을 울어 머리가 멍멍해지고 베갯잇이 축축해지면 그제야 잠이 든다. 마신 것도 없는데 눈물 줄기는 강으로 향하는 폭포 줄기처럼 베갯잇 속으로 스며든다. 베갯잇이 어느 정도 마를 때쯤이면 잠이 깨 발갛게 속살이 드러난 생채기를 쓰라려 하며 또다시 베개를 적신다. 그렇게 자다 깨기를 여러 번 반복하고 난 뒤에야 햇살이 모습을 드러낸다. 퉁퉁 부어버린 내 눈이 보기 싫어 애써 화장실 벽에 붙은 거울을 외면하지만 결국 누군가에게 이 모습을 보여야 한다. 그 생각만 하면 끔찍할 만큼 싫어진다. 그래서 다시 내게 체온을 나누어준 바닥에만 눈을 맞추면서 생각한다.

'사라져버렸으면 좋겠다. 인어 공주처럼 물거품이 되어 바다가 되면 좋겠다.'

여전히 불편한 어떤 시선들

동화책을 읽지 않은 것도 아닌데 어릴 적의 내게 『인어 공주』는 동화보다는 백화점에 진열된 인형처럼 하나의 캐릭터로 자리 잡고 있었다. 허리까지 늘어트린 긴 머리카락, 커다란 눈망울, 살굿빛 피부, 정작 인어 공주 자신은 그리도 싫어하던 물고기 모양의 꼬리도 내겐 경탄의 대상이었다. 넓은 바다를 자유롭게 헤엄쳐 다니는 인어 공주의 꼬리가, 수영도 제대로 할 줄 모르는 내 두 다리보다 더 아름다워 보였다. 동화는 결국 인어 공주가 왕자와의 사랑을 이루지 못해 비극으로 끝나지만 그것이 그렇게 슬픔을 자아내지도 않았고, 왕자가 원망스럽지도 않았다. 왕자의 사랑을 받지 못했어도, 바닷속 공주의 신분에서 아무런 존재도 아닌 물거품으로 사라져버렸어도, 사랑을 찾기 위해 떠난 인어 공주의 여정이 내겐 더 커다란 기억으로 남아 있었으니까. 그 멋진 꼬리로 바닷속을 유영하며 바닷속 친구들과 즐거운 날을 보내고, 왕자를 구하고, 다리를 얻기 위해 마녀와 용감한 거래를 하는 모습마저도 부러웠던 내게, 마지막 결론은 별로 강한 인상을 심어주지 못했다.

그런데 삼십 대 중반이 된 지금, 내 아이들에게 인어 공주 이야기를 들려주어야 할 엄마가 된 지금, 『인어 공주』의 마지막 구절이 자꾸만 가슴에 남는다. 그래서 어린이용으로 간추려진 동화가 아닌 원작 그대로 번역된 『인어 공주』 책을 펼쳐보았다. 같은 이야기인데도 엄마가 된, 아내가 된, 어릴 적 그토록 되고 싶었던 어른이 된 지금의 내겐 많은 구절이 다르게 읽혔다.

할머니가 높은 계급의 표시로 공주의 꼬리에 커다란 진주조개 장식 여덟 개를 달아 주었어요. 작은 인어 공주가 소리쳤어요.

"하지만 너무 아파요!"

"품위를 지키려면 아픈 것쯤은 참아야지."

아, 품위의 상징을 모두 흔들어 떨어뜨리고 무거운 화환을 치워 버리면 얼마나 좋았을까요! 공주 자신이 가꾸는 빨간 꽃이 훨씬 더 잘 어울렸을 텐데요.

동화를 읽으며 밑줄을 긋게 될 줄은 몰랐다. 나는 어느새 손엔 색연필을 쥐고, 책 이곳저곳에 줄을 긋고 있었다. 나는 색연필로 그은 문장의 의미를 여러 번 곱씹었다.

우리 어른들은 모두 알고 있다. 자신을 가장 아름답게 꾸미는 건 명품 가방이 아니라 나를 사랑하는 마음이고, 사랑하는 사람을 택할 때 가장 중요한 건 그 사람의 지위와 물질이 아니라 품성임을 말이다. 우리는 이러한 소박한 진리를 어릴 적에 부모에게서, 학교 교실에서 배우고 또 배웠다.

하지만 본능에 가까운 욕심은 인간의 이성을 순식간에 집어 삼켜버리는 것인지, 어른이라는 꼬리표를 부여받는 순간부터 그 진리와는 정반대의 길을 걷는 이들을 종종 보게 된다. 사람을 대할 때 상대방이 어떤 브랜드의 옷을 입었는지, 신상 가방을 들고 있는지, 결혼반지의 보석은 얼마나 좋은 건지 등등 겉모습부터 살핀다.

그 사람이 살고 있는 동네가 어디인지, 배우자의 직업은 무엇이며, 대학은 어디를 졸업했는지 등 자기 소개서를 한 장 만들어도 충분할 만큼의 질문을 아무렇지도 않게 면전에서 묻고 또 묻는다. 그러고는 내게 도움이 될 만한 사람인지 아닌지 가늠한다. 상대방의 요즘 관심사나 세상을 대하는 가치관, 노년에 살고 싶은 동네, 좋아하는 음식 따위는 대화에 끼어들 틈이 없다. 마치 알 필요도 없다는 듯이 말이다. 내가 이상한 걸까, 세상이 이상한 걸까? 사회에 나선지 벌써 십 년이 지났지만 몇몇 이들의 시선은 여전히 날 무척이나 불편하게 만든다.

"아나운서 월급 갖고 육아휴직을 해도 되나요?"

"들고 있는 가방이 어디 거예요?"

"애 교육을 시키려면 강남에 가야 할 텐데 그 돈으로는 전세도 어림없지 않나요?"

때론 진지하게 스스로에게 물어본다.

'내가 이상한 나라의 앨리스인 걸까?'

나는 강남에서 살 만큼의 돈은 없지만 제법 마음에 드는 동네에서, 우리 세 식구가 살기 적당한 집에서 불편함 없이 행복하게 살고 있다. 명품 가방은 없지만 어디서나 내 마음을 즐겁게 해주는 책 한 권과 지갑을 넣을 수 있는 가방은 이미 여러 개 있다. 아나운서 월급으로도 각종 연금과 보험도 가입하고, 양가 부모님께 용돈도 드리고, 먹고 싶고 사고 싶은 것들까지 부족함 없이 사면서 살고 있다. 그런데 왜 사람들은 자꾸만 꼬리에 상처를 내가면서까지 불필요하고 커다랗기만 한 조개 장식을 붙여야 한다고 말하는 걸까?

결혼은 꼬리가 아닌 두 다리로 걸어야 하는 일

"(……) 내가 널 위해 물약을 만들어 주마. 그 물약을 가지고 해가 뜨기 전에 땅 위로 올라가서 마셔라. 그러면 네 꼬리는 둘로 갈라지고 줄어들어 땅 위 사람들이 아름답게 여기는 다리가 될 것이다. 하지만 고통스러울 거야. 마치 날카로운 칼에 베인 것처럼 아플 것이다. 너를 보는 사람은 누구나 이제까지 한 번도 본 적 없는 가장 아름다운 사람이라고 널 칭송할 테지. 넌 우아하게 걷게 될 거야. 어느 누구도 너처럼 가볍게 춤을 추지는 못하겠지. 하지만 네가 한 걸음 한 걸음 내디딜 때마다 날카로운 칼날 위를 걸어 피가 흐르는 것처럼 아플 것이다. 네가 이 모든 것을 참을 수 있다면 널 도와주지."

"그렇게 하겠어요!"

"하지만 명심해. 네가 한 번 사람이 되면 다시는 인어가 될 수 없어. 다시는 네 언니들이나 아버지의 궁전에 돌아올 수 없다. 그리고 네가 왕자의 사랑을 얻지 못한다면, 왕자가 너를 위해 아버지와 어머니마저 잊고 너의 마음과 영혼을 사랑하여 성직자에게 네 손을 잡겠노라고 말하지 않는다면 너는 죽지 않는 영혼을 얻지 못할 것이다. 왕자

가 다른 사람과 결혼하는 바로 다음 날 아침에 네 심장은 터지고 너
는 물거품이 되고 말 거야."

왕자를 위해 꼬리 대신 사람의 두 다리를 선택하며 마녀의 물
약을 받아드는 이 대목을, 어릴 때는 그저 인어 공주의 순애보를
보여주는 장면이라고만 생각했던 것 같다. 그리고 마녀는 '착한' 인
어 공주를 괴롭히는 '나쁜' 사람이라고만 생각했었다. 나는 인어
공주가 죽지 않기 위해서라도 왕자와의 사랑이 이루어지기를 바
랄 뿐이었다. 하지만 삼십 대 중반의 엄마, 아내가 된 이제는 이것
이, 인어 공주가 세상에 나간 뒤에 감내해야 할 외로움에 대한 경고
의 의미로 다가온다. 마녀는 인어 공주가 설령 왕자와의 사랑을 이
룬다 해도 가족의 품으로 다시 돌아갈 수 없음을 분명히 하고 있기
때문이다. 그러니 마녀가 준 물약을 마신 이후의 삶은 왕자의 사랑
을 받든 받지 못하든 상관없이 외로움의 연속일지도 모르겠다. 가
족들과 떨어져 지내야 하는데다 자신을 향한 달라진 시선들을 느
껴야 하기 때문이다.

마녀도 더 이상 나쁜 사람으로만 보이지 않는다. 어쩌면 안데
르센은 마녀의 입을 빌어 아이들에게 세상에 나가면서 겪게 될 여
러 외로움과의 싸움, 나와의 싸움을 넌지시 알려주고자 했던 것인
지도 모르겠다. 걸을 때마다 칼에 베인 듯한 고통을 주는 그 싸움
말이다.

사람들은 외롭지 않기 위해 사랑하는 사람을 찾고 결혼을 한다고 말한다. 정말 그럴까? 보통 영화나 동화에선 결말 이후의 삶까지 보여주진 않는다. 그저 '그 후로 왕자와 공주는 행복하게 살았답니다.'라면서 억지스러운 마무리를 지을 뿐이다. 하지만 결혼이 외로움에 종지부를 찍어주지는 않는다는 것쯤은 결혼해본 사람이라면 다들 알 것이다. 결혼은 한 번도 경험해보지 못한, 꼬리가 아닌 두 다리로 걸어야 하는 완전히 새로운 세상살이인지도 모른다. 행복한 가정을 꾸리고 있음에도 나는 때론 라디오에서 흘러나오는 노래 한 곡에 눈물 적시고, 큰 다툼이 있는 것도 아닌데 고슴도치처럼 가시를 바짝 세우곤 아무도 다가오지 못하게 경계하곤 한다. 이건 낯선 세상에 대한 자기방어가 아닐까.

심지어 난 둘째를 배 속에 품었을 때 더욱 예민해지기도 했다. 처음엔 그저 호르몬의 영향이라고만 생각했다. 그런데 『인어 공주』를 다시 읽고 나니 생각이 달라졌다. 그건 어쩌면 새로운 가족이 한 명 더 생김으로 인해 예상되는, 더욱 낯선 세상에 대한 본능적인 두려움이 아니었을까? 사랑하는 마음 말고는 아무런 공통점도 찾을 수 없는 남편이라는 존재와의 세상에 이어 첫째 아이가 생기면서 부여된 엄마라는 또 다른 세상. 해일처럼 다가온 그 두 가지 세상에 미처 다 적응하지도 못했는데 아직도 발밑으로 날카로운 칼날이 순간순간 느껴지는데 또다시 새로운 세상을 맞으라 하니, 내겐 사랑을 위해 꼬리가 둘로 갈라지는 고통을 견뎌야 하는 저 마녀의 물약을 마시는 것과 다르지 않았다. 『인어 공주』를 펼쳐들자 쉽게 설명되지 않던 이름 모를 외로움의 실체가 보이는 듯하다. 하지만 『인어 공주』는 그 외로움을 넘어 '불멸의 영혼'을 얻는 법 또한 가르쳐준다.

인어 공주가 뜨겁게 사랑하지 않았다면

우리가 알고 있는 이 동화의 결론은 왕자가 인어 공주를 알아보지 못해 결국 인어 공주는 물거품이 되어 사라지고 마는 것이다. 하지만 원작에는 물거품이 된 이후의 내용이 조금 더 나와 있다.

"저는 어디로 가는 건가요?"
인어 공주의 목소리는 다른 천사들의 목소리처럼 신비로워 지상의 음악과는 비교할 수 없이 아름답게 들렸어요.
다른 이들이 대답했어요.
"공기의 딸들에게요! 인어에게는 죽지 않는 영혼이 없어서 인간의 사랑을 얻지 못하면 그 영혼을 얻을 수 없지요. 인어가 영혼을 얻으려면 다른 이의 힘이 필요해요. 공기의 딸들도 마찬가지로 죽지 않는 영혼 같은 것이 없어요. 하지만 착한 일을 해서 영혼을 얻을 수 있죠. 우리는 더운 나라들을 떠돌아다니며 해로운 공기가 사람을 죽이려

할 때 시원함을 가져다주죠. 공중에 꽃의 향기를 뿌려 주고, 활기와 건강을 찾아 주어요. 우리가 삼백 년 동안 착한 일을 하면 우리는 사람의 영원한 행복을 같이 나눌 수 있는 불멸의 영혼을 얻게 되지요. 가여운 인어 공주님. 당신도 우리처럼 온 마음으로 노력했어요. 고통을 받고 그걸 참아 냈지요. 그런 착한 노력 때문에 당신은 천사들의 세상으로 올라오게 된 거예요. 이제 당신도 삼백 년이 지나면 죽지 않는 영혼을 얻을 수 있어요."

인어 공주는 해를 향해 빛나는 팔을 들어 올렸고, 처음으로 눈물을 흘렸어요.

왕자와의 사랑을 이루지 못해 육체는 물거품이 되지만, 하늘의 천사들과 함께 인어 공주는 불멸의 영혼을 얻게 된다. 인어 공주는 그저 남자에게 선택받아야 하는 수동적인 운명에서 벗어나 자신의 노력으로 무언가를 이루어낸다. 참 반가운 결말이었다. 내가 대단한 페미니스트는 아니지만 남자의 말 한마디에 삶이 송두리째 바뀌어버리는 결론이 내내 탐탁지 않았기 때문이다. 『인어 공주』는 현실에서의 삶이 남들의 눈엔 조금 남루하고 초라해 보여도 누군가를 뜨겁게 사랑하고 매순간 최선을 다하는 삶을 살았다면 불멸의 영혼을 얻을 수 있다고 조언한다. 나는 큰 위안을 얻었다.

사랑하는 사람이 곁에 있어도 외롭고 힘든 것이 삶이라는 것을 나도 잘 안다. 사랑이 모든 외로움을 덮어주진 않는다. 때론 그 사랑으로 인해 더 큰 상처를 받을 수도 있고, 높아진 기대만큼 깊어진 실망감에 허우적댈 수도 있다. 피를 나눈 가족에게 외면받을 수도 있고, 언제 현실에 눈뜰 거냐는 비아냥을 들어야 할 수도 있다. 그럼에도 불구하고 나는 사람들에게 뜨거운 사랑이 필요하다고 말한다. "단 한 번이라도 좋으니 뜨겁게 사랑하세요."라고. 외로움의 끝자락에 실오라기 같은 햇살을 선사하는 것도, 퉁퉁 부어버린 두 눈에 살포시 입맞춤을 해주는 것도 결국 그 뜨거운 사랑의 기억이기 때문이다. 그 기억은 외로움이라는 매서운 한파 자체를 없애주진 못하지만 언 땅을 비집고 나와 새싹을 틔울 수 있게 따스한 빛은 되어줄 수 있기 때문이다. 인어 공주가 왕자를 뜨겁게 사랑하지 않았다면 가족들과 편안한 바다 생활을 영위했을지는 모르겠으나 불멸의 영혼 같은 건 알지도, 얻지도 못했을 것이다. 뜨거운 사랑은 고통을 주기도 하지만 그것을 훌쩍 뛰어넘는, 눈부시도록 빛나는 그 무언가를 안겨준다는 것을 이 동화는 가르쳐준다. 짧은 동화지만, 다 아는 줄거리지만, 어른이 되어 다시 읽고 나니 마치 한 사람의 인생 전체를 훑어본 듯 긴 호흡을 내쉬게 된다.

창문 틈으로 불어온 바람 한 줄기에서 바닷바람의 청명함이 느껴지는 것만 같다. 난 드넓은 바다를 느끼기 위해 살포시 눈을 감는다. 시시각각 변하는 파도소리와 바다가 그리는 태양의 빛깔에 내 모든 감각을 모아본다. 지금도 바다 위를 유영하고 있을 인어 공주를 만나기 위해.

꿈을 찍는 사진관

강소천 지음 | 문음사 | 1981

간절한 그리움과
새로운 꿈을 찾아서

이용훈 서울도서관장, 도서관문화비평가

연세대학교에서 도서관학을 공부하고, 서강대학교 로욜라도서관에서 사서 일을 시작했다. 이후 경제 연구소 등에서 사서로 일하는 한편으로, 도서관과 사서의 자기 개혁 노력이 필요하다는 생각에 1990년대부터 전국사서협회를 만들어 활동했다. 1997년에 (사)한국도서관협회로 옮겨 17년 동안 일하다 2012년에 서울특별시의 서울시대표도서관 건립추진반 반장으로 자리를 옮겨 현재 서울도서관의 개관 준비를 했다. 개관 후 관장 공모에 도전해 지금에 이르고 있다. 『사서가 말하는 사서』, 『모든 도서관은 특별하다』, 등의 책에 공저자로 참여했다. 시인을 꿈꾸며 『꿩은 엉덩이가 예쁘다』라는 시집을 내기도 했으나 끝내 시인이 되지는 못했다. 은퇴 후에는 예쁜 도서관이 있는 산장의 주인으로 사는 꿈을 꾸고 있다.

이른 아침, 내가 일하는 서울도서관 자료실에 들어서면 전날 다녀간 아이들이 꺼내 읽은 뒤 두고 간 동화책과 그림책 들이 책상 위에서, 도서 반납대 위에서 아직 잠을 자고 있다. 슬그머니 다가가 그 책들을 들춰 보면 아직도 아이들의 온기가 남아 있다. 도서관까지 따라온 아침잠도 쫓을 겸, 책상에 놓인 책을 한 권 집어 들고 읽어 본다.

요즘에는 아이들 책이 많기도 하거니와 한 권 한 권이 참 아름답기까지 하다. 도서관에 있는 어린이 책들만 살펴보아도 표지는 물론 본문도 얼마나 예쁘게 만들어지는지 모른다. 매일 그런 책들 사이를 누비고 다니며 신 나게 노니는 아이들을 볼 수 있는 것은 도서관 사람이 누리는 큰 기쁨이고 행운이다. 아이들이 책으로 가득 찬 도서관에서 더 넓고 풍성한 세상을 만나고, 그 위에 새로운 세상을 만들어갈 꿈을 꿀 수 있도록 하는 일은 참으로 가치 있는 일임을 매번 깨닫는다.

아이들 책을 읽노라면 자연스레 내 어릴 적 생각을 떠올리게 된다. 지금은 이렇게 책이 풍요롭지만, 내가 어릴 적에는 책 사정이 이렇게 좋지 못했다. 나는 1970년대에 어린 시절을 보냈는데, 그때에는 참으로 많은 것이 부족했다. 무엇이든 부족한 것이 일상이라서 오히려 부족하다는 것을 알지 못하고 지냈다. 텔레비전이 있는 집도 마을에 몇 집 없어서, 스포츠 중계 같은 중요한 프로그램이 보고 싶을 때면 친구 집에 찾아가, 친구 가족들과 다른 아이들 틈에 겨우 끼어 앉아 봐야 했다. 꽤나 불편했을 텐데 그런 기억은 없고 그저 함께 신 났던 것만 어렴풋이 기억난다. 그때는 부족하면 부족한 대로 지내는 것이 그리 어색하거나 부끄러운 일이 아니었던 것 같다.

부족한 것 중에는 책도 있었다. 당시에도 분명 훌륭한 국내 동화 작가들과 작품이 있고, 다른 나라의 유명 동화들도 여럿 번역되어 나왔을 텐데, 적어도 내 주변에서는 책이 귀했다. 우리 가족은 그때만 해도 서울 변두리였던 사당동에 살았는데, 내가 다니던 사당동의 초등학교(당시에는 국민학교라고 했다.) 주변에는 책방이라곤 만화방 한두 개가 고작이었다. 그 덕분에 만화책은 그래도 좀 볼 수 있었지만, 제대로 된 동화책이나 그림책은 좀처럼 보기가 어려웠다. 그러니 나는 집에 가만히 앉아 책을 읽는 일은 정말 드물었다.

나는 늘 밖에 나가 뛰노는 아이였다. 집을 나서면 온통 놀이터였다. 뭐가 그리 재미있었는지 골목이며 들판으로 참 많이도 뛰어다녔다.

　도서관 사람이 된 지금, 옛 시절을 돌아보면 어릴 때 좋은 책을 많이 만나지 못한 것이 여간 아쉬운 일이 아니다. 지금처럼 좋은 책을 많이 읽었더라면 얼마나 좋았을까. 하지만 그때에는 책 없는 일상이 별로 이상하지 않았다. 그 대신, 어쩌다 책 한 권을 구하게 되면 정말 열심히 읽었다. 한 번만 읽고 끝내는 것이 아니라, 여러 번 곱씹으며 다시 읽었다.

　동화책들 틈에 앉은 김에, 그렇게 연거푸 읽은 동화책이 무엇이 있었던가 기억을 더듬어보았다. 공주와 왕자가 나오는 서양의 유명 동화책들도 분명 한두 권은 읽었을 텐데 그쪽은 내 취향이 아니었던지 그런 책들을 제대로 읽은 기억이 나지 않는다. 그러다 문득 머릿속에 동화 작가의 이름 하나가 떠올랐다. 우리나라를 대표하는 아동문학가 중의 한 사람인 강소천 선생이다.

　같은 마을에 살던 친구네 집에 강소천 작가의 책이 여러 권 있었다. 그중에서도 『꿈을 찍는 사진관』이라는 제목의 동화책을 읽었던 일이 선명하게 기억난다. 정확하지는 않지만, 그 책을 빌려 읽으면서 어린 마음에 우리 동네에도 꿈을 찍는 사진관이 있다면 참 좋겠다는 생각을 했던 것도 같다. 그런데 그 책의 이야기는 정확히 어떤 내용이었을까? 이야기도 가물가물한데, 그 책은 왜 내 기억 속에 남아 있을까? 추억을 떠올린 김에 그 책을 다시 찾아보기로 했다. 내가 일하는 도서관에서 빌려 읽어도 되지만, 이참에 어릴 때 읽었던 책을 그대로 읽어보고 싶은 마음에 헌책방을 뒤지기 시작했다.

그리운 마음을 달래주는 사진기

내가 이 책을 읽을 무렵은 1970년대이고, 이 책은 1950년대에 처음 나왔다고 하니, 1950년대부터 1970년대에 출간된 동화책을 찾아보았다. 예상대로 당시의 책 자체를 찾는 것이 쉽지 않았다. 출간된 책도 많지 않았지만 그중 지금까지 남아 있는 책들은 더욱 귀했다. 우선은 그 발자취만이라도 더듬어보기로 했다.

　헌책방들을 두루 살펴보니 『꿈을 찍는 사진관』은 1954년에 홍익사에서 강소천 선생의 네 번째 동화집으로 처음 출간되었다. 그리고 1963년에서 1964년 사이에 『강소천 아동문학 전집』여섯 권이 배영사에서도 출판되었다. 하지만 이 두 책은 모두 지금은 구하기가 어려웠다. 계속 헌책방 목록을 검색하다가 마침내 1981년에 문음사에서 간행된 열다섯 권짜리 『강소천 아동문학 전집』이 지방의 한 헌책방에 있는 것을 발견했다. 지금 구할 수 있는 책 중 가장 오래된 책이었다. 반가운 마음에 곧바로 주문 신청을 했다.

　이 전집은 김동리와 박목월, 윤석중, 최태호 선생이 강소천 선생의 작품을 찾아 엮은 것이다. 배달된 전집을 받아들고 책장을 넘겨보니, 전집의 각 권에는 수록된 동화에 맞추어 천연색 그림 몇 장이 삽입되어 있고, 앞쪽에는 강소천 선생의 사진이 들어가 있다. 그림 스타일과 색깔, 책의 소박한 모양새가 남다른 느낌을 전해준다.

전집을 구한 뒤, 한동안 곁에 두고 다시금 강소천 선생의 동화와 동시를 읽었다. 책을 읽는 재미가 새로웠다. 그중 내 어린 시절의 추억이 담긴 책『꿈을 찍는 사진관』의 이야기는 다시 읽어보니, 간단하면서도 참 신기하기도 한 이야기이다.

동화는 자꾸 바깥으로 나오라고 꾀어내는 봄볕 때문에 봄을 그리려고 산을 오르는 '나'의 이야기로 시작한다. 산허리에 이르자 깜짝 놀랄 일이 생긴다. 계절보다 일찍 핀 살구꽃이 만발한 가운데에서 '꿈을 찍는 사진관'으로 안내하는 간판을 발견한 것이다. 여러 개의 간판을 계속 따라간 끝에 마침내 사진관을 찾아낸 나는 옛날에 고향에서 순이란 아이와 보낸 즐거웠던 날을 사진으로 찍는 데에 성공한다. 그러나 슬프게도 사진 속의 순이는 옛 모습 그대로 열두 살인데, 나는 지금 나이인 스무 살이다. 그래도 나는 꿈을 찍은 사진을 품고 집으로 돌아온다. 집에 와서 다시 꺼내보니 품 속에서 나온 것은 사진이 아니라, 순이를 사랑하면서 같이 사랑하게 된 노란 민들레꽃이 그려진 카드였다.

이야기를 읽고 나니, 여러 가지 생각이 떠오른다. '꿈을 찍는 사진관'의 안내판을 발견한 '나'는 왜 그곳을 찾아갔을까? 동화는 그 이유를 '하나는 신기한 것을 즐기는 마음이요, 또 하나는 무척 그립고 보고 싶은 사람이 있기 때문일 것'이라고 말한다. 신기한 것을 즐기는 마음이라면 텔레비전으로도 충분히 감당할 수 있겠지만 그리운 마음은 그렇지 않다. 1950년대에 쓰인 이 동화에서 말하는 '그리운 사람'이란 구체적으로 6·25(동화책에서는 '6·25 사변'이라고 쓰고 있는데, 세월이 한참 흐른 지금은 그렇게 부르지 않게 되었다.) 때문에 안타깝게 헤어지게 된 사람들이다. 6·25 이전에 태어나, 전쟁의 한복판을 지나온 작가에게 '그리움'이란 얼마나 절실한 마음이었을까? 그리운 얼굴들이 많지만, 이들은 그저 추억 속에만 머물러 있다. 꿈이란 것이 있어서, 꿈속에서나마 그리운 얼굴들과 재회할 수 있으니 그나마 다행스럽다고 생각한 것일까? 작가는 동화 속에서 꿈을 꾸면 그 꿈을 사진으로 남길 수 있는 사진기를 만들어냈다. 그리고 꿈을 통해서라면 "남북으로 갈리어 서로 만나지 못하는 사이라도 쉽게 만날 수 있습니다. 꿈길엔 38선이 없습니다." 하고 말한다. 작가 자신이 이산가족이었기에 이렇게 간절한 안타까움을 달래줄 수 있는 장치로 꿈을 찍는 사진기를 만들어낸 것일 테다.

내게는 안타깝게 그리운 아기가 있습니다. 나는 그 아기의 사진까지를 송두리째 잃어버렸읍니다. 내가 이 사진기를 만들게 된 게 그 때문인지도 모릅니다.

동화 속에서 '꿈을 찍으시려는 분들에게 전하는 글'에는 이런 사진기를 만들게 된 사연이 이와 같이 나와 있다. 사진조차 남아 있지 않은 아기를 보고 싶은 간절한 그리움이 꿈이 되고, 그 꿈을 찍는 사진기까지 만들어내는 애처로운 노력으로 이어진 것이다. 이런 동화를 쓰는 작가의 마음이 얼마나 절실했을지, 어린 시절엔 잘 몰랐겠지만 어른이 되어 다시 읽으니 그 마음을 이해할 수 있겠다. 강소천 선생이 이 동화를 썼을 때에는 아마도 그리운 이를 꿈에서 나 만날 수 있을 거라고 믿었을 것이다. 내 아버지도 이산가족이었는데, 나 역시 아버지가 그리워하는 분들은 그저 꿈에서만 만날 수 있는 줄로만 알았다. 지금까지도 남북이 나뉘어 있어 그리운 사람을 만나지 못하는 분들이 참 많다. 6·25가 끝난 지 반백 년도 더 지났건만, 그분들에게는 여전히 '꿈을 찍는 사진관'이 필요한 셈이다. 이제는 꿈이 아니라 현실을 사진으로 찍을 수 있게 해주어야 하지 않을까?

6·25라는 아픈 역사를 기억하는 동화지만, 작가가 말하는 '꿈' 그리고 '그리움'은 꼭 이산가족에 대한 마음만을 가리키는 것은 아니다. 작가에게 꿈은 과거를 회상하는 것이 아니라, 앞으로 만나게 될 내일을 꿈꾸는 적극적인 행위이기도 하다. 작가는 이렇게 말한다.

그런데, 문제되는 것은, 꿈을 꾸는 일입니다. 어떻게 짧은 시간에 꿈

□ 강소천 문학전집 **3** 동 화 □

꿈을 찍는 사진관

소천문학상
운영위원회 **엮음**

문음사

을 꿀 수 있으며, 또 꿈을 꾼다 해도 그게 정말 자기가 사진에 옮기고 싶은 꿈을 꾸겠느냐 하는 것입니다. 실로 내가 제일 오랫동안 연구에 고심을 한 것이 이것입니다.

제대로 꿈을 꾸는 것은 참으로 중요하다. 동화에서는 "그리운 이를 만나는 꿈을 꾸라."고 한다. 누구나 그리운 사람이 있을 것이다. 과거에 만난 사람이거나 현재 만나고 있는 사람일 수도 있고, 또 앞으로 만나게 될 누군가일 수도 있다. 어찌 사람뿐일까? 더 나은 사회일 수도 있다. 그런데 우리는 제대로 된 꿈을 꾸고 있을까? 만약 지금 각자가 꾸고 있는 꿈을 '꿈을 찍는 사진관'에서 찍은 뒤, 그것을 모아 커다란 전시장에 걸어두고 두루 살펴본다면 어떤 풍경이 될까? 자신은 물론 옆 사람에게도 부끄럽지 않을 수 있는 꿈을 꿀 수 있으면 좋겠다. 서로서로 작은 꿈 한 자락을 같이 나누고 각자의 꿈을 섞어 커다란 꿈으로 만들 수 있으면 좋겠다.

동화책은 어린이의 꿈을 찍는 사진관

도서관 사람인 내게는 책과 도서관이 곧 그리움이자 꿈이다. 도서관에서 있다 보면 다양한 관심을 가지고 책을 보러 오는 시민들을 만나게 된다. 도서관에 있는 책들이 누군가에게 꼭 필요한 것들을 구체적으로 제공하는 것을 볼 때마다 도서관에서 일하는 보람을 느낀다. 특히 어린이들이 놀러 와서 책에 푹 빠져 있는 모습을 보면 그렇게 예쁠 수가 없다.

하지만 보기에 안타까운 풍경도 가끔 있다. 모처럼 온 도서관에서 수십 권의 책을 쌓아두고 숙제하듯 책을 읽는 아이를 볼 때면 안쓰러운 마음이 들기도 한다. 읽어야 할 책이 많아서인지 마치 백미터 달리기를 하듯 책을 읽는 아이도 적지 않은 것 같다. 요즘 아이들은 무슨 책을 읽었는지 기록하고 그 수를 자랑하기도 한다. 책 읽기를 성공을 향한 또 하나의 도구로 생각하는 건 아닐까 하는 걱정마저 든다.

오래전에 만들어진 강소천 선생의 작품집을 읽으며 내 어린 시절을 떠올려보니, 지금 어린이들에게는 읽을 책이 너무 많고 또 다양해서 혹시 없는 것과 별반 다르지 않은 건 아닌가 하는 생각이 든다. 읽을 책이 없었던 탓이긴 하지만, 내가 어렸을 때에는 같은 책을 읽고 또 읽곤 했다. 그것은 결코 지루한 반복 학습이 아니었다. 읽을 때마다 이런저런 생각을 하면서 다른 방식으로 읽게 되기 때문이다. 책을 여러 번 읽으면서 어린이 독자는 온갖 궁리를 하게 되는 것이다. 그것은 내게 무척 즐거운 일이었다.

아이들이 그림책이나 동화책을 읽는 것은 그 자체로 즐거움이어야 한다. 그러자면 어른들이 먼저 책을 읽는 행위는 그리운 사람이나 세상을 꿈꾸는 것임을, 그러니 현실에서 얻고자 하는 그 어떤 결과나 이익과는 거리가 먼 것임을 인정할 수 있어야 한다. 나는 책이 부족한 어린 시절을 보냈지만, 그렇다고 해서 요즘 어린이들이 경쟁적으로 책을 많이 읽기를 바라지는 않는다. 많든 적든 그저 즐겁게 책을 읽고 그 책을 통해 결국 친구나 이웃, 세상에 대한 이해를 넓히고 함께 살아갈 수 있는 마음과 태도를 갈고닦을 수 있기를 바란다.

책을 읽는 것, 특히 동화책을 읽는 것은 영혼을 자유롭게 풀어놓는 것이다. 온전히 열린 마음으로 책을 만나는 시간 동안 아이들이 자유를 맘껏 누릴 수 있으면 좋겠다. 동화책은 어느 어린이에게나 자신의 소중한 꿈을 찍는 사진관이 되리라 믿는다.

그런데 『꿈을 찍는 사진관』을 읽으면서, 그런 사진관이 있었으면 좋겠다고 생각했던 어린 시절의 나는 무슨 꿈을 꾸었을까? 누구를 그리워했을까? 기억이 잘 나지 않는다. 어린 시절의 꿈은 잊었지만 이제부터 새로운 꿈을 꾸어야겠다. 꿈을 꾸는 사람만이 자신과 세상을 행복하게 만들 수 있다.

이상한 나라의 앨리스 | Alice's Adventures in Wonderland

루이스 캐럴 지음 | 존 테니얼 그림 | 손영미 옮김 | 시공주니어 | 2001

상상력이
너를 구원할 거야

오영욱 건축가, 여행 작가, 일러스트레이터

대학에서 건축을 전공하고, 현재 ogisadesign의 대표로 있다. 건축 일을 하는
틈틈이 세상의 여러 도시를 여행하며 글을 쓰고 그림을 그렸다. 글과 그림을
모아 낸 책으로『오기사, 행복을 찾아 바르셀로나로 떠나다』,『그래도 나는
서울이 좋다』,『나한테 미안해서 비행기를 탔다』,『청혼: 너를 위해서라면 일
요일엔 일을 하지 않겠어』등이 있다.

세상에서 상상이 사라졌다.

사람들은 더 이상 높은 하늘을 날거나 깊은 바닷속을 탐험하는 것에 대해 상상하지 않는다. 하늘에 닿을 것 같은 바벨탑을 쌓거나 바다를 땅으로 만든다는 이야기에도 무덤덤하다. 불과 몇십년 전이었다면 사람들이 막연하게 꿈만 꾸었을 것들이 이제는 현실이 되었기 때문이다.

과학기술은 우리에게서 상상을 빼앗아 가버렸다. 우리는 이제세계 어디에서든 멀리 떨어진 친구와 대화를 나눌 수 있다. 심지어화면으로 서로의 얼굴을 바라보며 안부를 묻는 일조차 이미 진부한 현실이 되어버렸다.

사람들은 영원히 이뤄질 수 없는 것에 대해서도 잘 인지하게되었다. 인류는 결코 물리학의 법칙에 어긋나는 시간 여행을 할 수 없다. 달에는 토끼가 살고 있지 않고, 언젠가의 달 여행을 위해서는 무거운 우주복을 입어야 한다. 더불어 불로초는 존재하지 않기에 최대한 늦게 죽기 위해 노력해야 한다.

이제 사람들은 상상을 할 필요가 없어졌다. 인간의 사고 능력보다 빠르게 변하는 기술은 더 발전된 결과들을 선보이며 인간의 상상을 하찮은 것으로 만들었다.

그래서 토끼는 조끼를 입고 회중시계를 보며 굴로 뛰어 들어가는 것보다는 복제되는 것이 어울린다. 언젠가의 과학기술은 말하는 토끼나, 두 발로 달릴 수 있는 토끼조차 창조할지도 모른다. 문제라면 이제 토끼로 뭔가 신 나는 상상을 하기엔 이미 우리가 너무 많은 것을 알아버렸다는 점이다. 웬만한 수준의 상상은 어쩐지 심드렁하게 느껴진다. 그것은 상상의 기저에 비현실성이 깔려 있다는 것을 의미한다. 실현 가능성은 우리의 상상을 방해한다. 물론 백 년 전에도 토끼가 말을 하면서 금발의 여자아이에게 호통을 칠 수 있다는 사실을 믿는 사람은 거의 존재하지 않았을 것이다.

현대인들은 많은 상상들이 곧 실제로 구현될 것이라는 사실을 안다. 인류의 대부분은 상상을 멈췄고, 일부의 세력만이 상상이라기보다는 '전략'에 가까운 것들을 수립하며 새로운 기술들을 세상에 선사한다. 물론 사람들은 여전히 상상을 한다. 복권 1등에 당첨되는 환희와, 드라마 속의 그(혹은 그녀)가 어느 순간 자신의 옆으로 다가와 달콤하게 속삭여주는 행복, 싫어하는 사람이 어느 한순간 응징을 받아 사라져버리는 모습 같은 것을 상상한다.

지금의 상상은 일상의 연장으로서만 가치를 갖는다. 사람들의 머릿속에서 피어나는 것이라곤 각자의 삶에 도움이 될 수 있는 속물적인 것들뿐이다. 그것이 우리가 현재 살아가고 있는 모습이다. 일상은 진부하지 않은 상상을 쉽게 허락하지 않는다.

이렇다 보니 잠자리에 누워 이야기를 기다리는 아이의 머리맡에서, 옛날이야기를 듣고 싶어 하는 그 초롱초롱한 눈빛 앞에서 어른들은 상상 속의 이야기를 잘 꺼내지 못한다. 물론 모든 이가 훌륭한 작가의 자질을 타고나는 것은 아니기 때문에 기존에 출판된 이야기를 다소간 빌리는 것은 불가피하다. 하지만 책을 전부 빌려와야 한다면? 우리가 어렸을 때는 조금 달랐던 것 같다. 생각해보면, 그 시절 할머니나 엄마가 들려주던 이야기는 어디선가 들었던 이야기에 당신들의 경험과 상상을 덧붙인 이야기였다.

갑자기 슬픔이 밀려온다. 나는 나중에 나의 아이나 조카에게 새로운 이야기를 들려줄 수는 없는 어른이 되어버린 것일까? 인어공주와 오즈의 마법사, 해리 포터와 뽀로로는 영상 기술과 접목되어 점점 더 황홀한 이야기로 진화 중이다. 이제 웬만한 상상의 이야기로는 아이들의 관심을 얻기가 쉽지는 않을 것이다.

『이상한 나라의 앨리스』의 작가 루이스 캐럴Lewis Carroll은 조

후천적 상상력 결핍증

ㅇㅇㅇ.

금 달랐던 것 같다. 이 책은 영국의 작가 루이스 캐럴이 옥스퍼드대학에 근무하던 시절, 친하게 지냈던 학장 리델의 세 아이들에게 들려줬던 이야기들을 모은 책이다. 세 아이 중 한 명의 이름이 앨리스였다고 한다. 캐럴은 아주 상상력이 풍부한 어른이었나 보다.

나는 이미 상상력 결핍 상태의 '까칠한' 어른이 되어버린 걸까? 모처럼 꺼내든 앨리스 이야기가 쉽게 읽히지 않는다. 그럼에도 불구하고 이야기의 절반을 읽었을 때쯤 나도 모르게 마음속에 어떤 열망이 생겨났다. 어쩌면 이 글은 그 마음을 스스로에게 새기고자 쓰는 것일 수도 있다.

개인적으로 좋아하는 책에는 두 종류가 있다. 한 가지는 감동이 있는 책이다. 물론 감동의 종류는 다양하며 분야의 제약을 받지도 않는다. 책이 주는 감동이라고 해서 특별한 것은 아니다. 마음이 움직이고 그 마음에 의해 새로운 의지가 생기게 만드는 것이 감동의 속성이다. 나는 그런 감동이 있는 책을 좋아한다.

다른 한 가지는 글을 쓰고 싶게 만드는 책이다. 물론 훌륭한 작가의 텍스트는 쉽게 범접할 수 있는 것이 아니다. 그래도 나는 책을 읽고 있는 중에 종종 새롭게 나의 글을 쓰고 싶은 열망에 빠진다. 독자에게 그런 욕구를 불러일으키는 것은 훌륭한 작가의 또 다른 재능일지도 모르겠다. 내게는 대표적으로 일본의 작가 무라카미 하루키가 그런 마음의 동기를 불러일으키는 작가이다.

『이상한 나라의 앨리스』는 내게 두 번째 종류의 책이다. 책을 다시 한 번 꺼내들어 읽는 도중에 나는 아이들을 위해 새로운 이야기를 구상해보고 싶은 열망으로 가득 찼다. 사실 나는 아직 결혼을 해본 적이 없다. 심지어 아이들을 그다지 좋아하지도 않는다. 그런데도 앨리스 이야기는 그런 욕망을 불러일으킨다. 하긴 사람의 일은 모르는 법이다. 언제 어디선가 갑자기 어린이의 호기심을 자극할 만한 이야기를 해야 할 일이 생길지도 모른다. 그런 순간이 오면 앨리스의 이야기에는 닿지 못하더라도 나만의 스토리를 만들어 아이에게 전해주고 싶다.

다 읽지도 않은 채 나는 책을 덮었다. 그리고 상상을 하기 위해 노력해봤다. 당연한 일이었겠지만 아무 이야기도 생각나지 않았다. 나는 상상력이 결핍된 이 세상의 주인공이었던 것이다. 책에 등장하는 트럼프 카드를 보며 병정 대신 라스베이거스의 포커 판을 떠올릴 뿐이다.

당황하는 나를 앨리스가 바라본다. 금발머리에 주근깨 가득한 얼굴을 한 앨리스의 호기심 가득한 푸른 눈동자를 피할 길이 없다. 이미 웃음만 남기고 사라지는 고양이나, 키를 늘였다 줄였다 하는 과자에 대한 이야기를 알고 있는 이 꼬마 아가씨를 만족시킬 자신이 없다. 쭈뼛쭈뼛 식은땀을 흘리며 더듬더듬 얘기한다.

"아저씨가 조금만 있다가 재밌는 얘기 해줄게."

나는 지금 다음 책을 준비하는 중이다. 그림이 많고 글이 적은 형식의 책이다. 아이들을 위한 내용은 아니지만 한 페이지 한 페이지 준비할 때마다 앨리스를 떠올린다. 그리고 상상을 하기 위해 강박적이리만큼 애를 쓴다. 물론 그런다고 없던 상상력이 바로 생길리는 없다. 그래도 노력하지 않는 것보단 낫다. 문득 김치샐러드라는 블로거가 자신의 블로그 대문에 이런 말을 써놨었던 것이 떠오른다.

"상상력이 널 구원할 거야."

갈매기의 꿈 | Johnathan Livingston Seagull

리처드 바크 지음 | 신현철 옮김 | 현문미디어 | 2007

인간에게는 누구나
초월적인 힘이 있다

권오준 생태 동화 작가

한국외국어대학교의 독일어교육과와 같은 학교 대학원을 졸업했다. 오랫동
안 월간지 기자 생활을 하다가 우연히 새들이 의사소통하는 것을 관찰하고
쓴 작품이 어린이 잡지에 연재되면서 동화 작가의 길을 걷게 되었다. 지금은
숲과 물가에서 새 사진과 다큐멘터리를 찍고 그것을 바탕으로 생태 동화를
쓰고 있다. 동화 작가의 눈으로 본 새들의 이야기가 2013년에 EBS 자연 다
큐 「하나뿐인 지구」의 '우리가 모르는 새들' 편으로 방영되기도 했다. 지은
책으로 『둠벙마을 되지빠귀 아이들』, 『꼬마물떼새는 용감해』, 『백로 마을이
사라졌어』, 『홀로 남은 호랑지빠귀』 등이 있다. 2013년에 '환경정의'에서 책
으로 환경 문화 운동에 이바지한 사람에게 주는 '한우물상'을 받았다.

가장 높이 나는 갈매기가 가장 멀리 본다.

『갈매기의 꿈』을 오랜만에 꺼내보았다. 학창 시절에 보았던 구절이 여전히 건재하다. 수십 년이 지난 뒤 이제 생태 동화 작가가 되어 소설을 넘겨보니 어렸을 때 읽었던 것과 사뭇 다르게 다가온다. 곳곳에 갈매기에 대한 작가 리처드 바크Richard Bach의 애정과 관심이 송골송골 맺혀 있다. 우선 제목부터 그렇다.

이 작품의 원제목은 '조나단 리빙스턴 시걸Jonathan Livingston Seagull'이다. 시걸은 우리가 해변에서 흔히 만나는 갈매기를 가리키고 조나단 리빙스턴은 주인공 갈매기의 이름이다. 전에는 허투루 봤는데 이 작명은 우연이 아니다. 먼저 '조나단'이라는 이름을 보자. 조나단은 히브리말 '요나단'에서 유래하는데, 기독교 성경 구약

편 사무엘서에 등장한다. 요나단은 당시 이스라엘의 왕 사울의 아들로서 다윗의 절친한 친구였다. 관중과 포숙의 우정을 가리킨 고사성어 관포지교管鮑之交에 해당하는 말이 '다윗과 요나단David and Jonathan'이다. 사울은 시기와 질투심 때문에 다윗을 죽이려 하지만 요나단은 오히려 다윗을 보호해주며 진정한 우정과 사랑을 실천한다. '리빙스턴'도 다소 의도적이다. 선교사이자 탐험가인 데이비드 리빙스턴David Livingstone은 아프리카 대륙을 찾아들어간 개척자, 도전자였다. 당시 유럽인들에게 아프리카는 목숨 걸고 들어가야 하는 미지의 땅이었다. 실제로 리빙스턴도 아프리카 탐험 도중 실종되어 열병을 앓고 있던 중에 미국의 언론인 스탠리Henry Stanley에 의해 발견된 적도 있다. 두 이름을 다시 꿰어보자. 조나단 리빙스턴 시걸. 성서에 등장하는 조나단과 아프리카를 탐험한 개척자 리빙스턴. 조나단 리빙스턴 시걸이라는 이름은 성서의 신성한 이미지도 풍기면서, 동시에 리빙스턴처럼 끊임없이 도전하는, 강인한 의지도 엿보이는 캐릭터이다.

스스로 외로운 길을 선택한 갈매기

이 멋진 이름의 갈매기 이야기는 어느 해변에서 조금 떨어져 있는 고깃배에서 시작된다. 한 어부가 물고기를 유인하려고 미끼로 쓰는 먹잇감을 바다에 뿌리고 있다. 미끼 소식은 해변에 있는 갈매기들에게 전해진다. 수천 마리 갈매기가 먹잇감을 차지하기 위해 순식간에 날아든다.

어릴 때는 결코 알지 못했는데 생태 동화 작가의 눈으로 책을 읽으니, 이런 평범한 장면에서도 갈매기의 생태적 특징들이 선명하게 보인다. 예컨대 갈매기는 원래 무리 지어 살아가는 습성이 있다. 갈매기는 외딴섬에 날아가서 수천 마리씩 집단 번식하고, 가을과 겨울 동안에도 대부분 집단생활을 하는 습성을 보인다. 무인도에서 알을 낳고 새끼를 치면 들짐승 걱정을 안 해도 되고, 날짐승도 떼로 방어할 수 있으니 생존에 유리하다. 집단 방어 습성은 우리나라 해변에 와서 번식하는 쇠제비갈매기에서 잘 드러난다. 쇠제비갈매기는 알을 품고 있을 때 맹금류가 다가오면 수십 마리가 날아들어 집단 방어에 들어간다. 잘 갖춰진 공중 조기 경보 시스템이 작동하는 셈이다.

갈매기와 어부와의 관계도 눈여겨보게 된다. 사실 과거에 갈매기는 어부에게 천사 같은 존재였다. 지금이야 어군탐지기라는 기계로 물고기 떼를 찾아다니지만, 예전에는 갈매기가 그 역할을 대신했다. 수면 위로 올라오는 물고기를 제일 먼저 찾아내는 건 바다를 근거지로 사는 갈매기이기 때문이다. 넓디넓은 바다에서 물고기를 발견해내려면 아주 높이 날지 않으면 안 된다. 당연히 시력도 뛰어나야 한다. 그래서 갈매기가 제격이다. 오늘은 어부가 던져주는 미끼를 얻어먹지만, 내일은 그 갈매기가 물고기 떼의 위치를 알려 줄지 모르니, 사람과 갈매기는 어찌 보면 서로 공생 관계다.

조나단 이야기로 다시 돌아가야겠다. 해변 너머에 전혀 다른 갈매기 한 마리가 오버랩된다. 언뜻 보아도 그 갈매기는 범상치 않다. 바로 주인공 조나단 리빙스턴 시걸이다. 조나단은 먹잇감 따위엔 관심이 없다. 온종일 고난도의 선회비행에만 몰두하고 있다. 조나단은 스스로 외로운 길을 택했다.

어떤 부모가 자식이 그런 삶을 살기를 바라겠는가. 먹이 사냥은 뒷전인 채 하루 종일 이상한 비행술이나 시도하는데다가 갈매기 무리와도 어울리지 못하는 아들. 조나단은 요즘 말로 '왕따'인 셈이다. 더구나 조나단의 몸은 여월 대로 여위었다. 부모는 조나단에게 먹이 구하는 일부터 배우라고 따끔하게 충고한다. 지방은 새들의 비행에 꼭 필요한 에너지원이니 먹이를 구해 섭취하라는 부모의 지적은 매우 현실적이다. 수천 킬로미터의 장거리 여행을 주기적으로 하는 철새들을 보면 비행에 앞서 먹이 섭취에 혈안이다. 자기 체중의 두 배까지 지방을 축적할 정도이다.

갈매기 무리도 조나단의 일탈에 대해 강력하게 우려를 표한다. 그들도 부모와 같은 마음으로 조나단을 걱정하는 것일까? 조나단을 위해서? 천만의 말씀이다. 그들은 갈매기 사회가 틀어쥐고 있는 기존의 질서가 위태로워질까 봐 걱정한다. 갈매기들은 조나단 때문에 기존 질서가, 그들이 갖고 있는 기득권이 깨질까 두려움이

앞선다. 어느 사회든 기성세대는 변화를 반기지 않는다.

하지만 조나단은 기존 질서 따위에 아랑곳하지 않는다. 조나단에게 평범한 삶은 의미가 없다. 조나단은 스스로를 더 가혹하게 채찍질하면서 자기와의 싸움을 위해 외로운 공간으로 날아오른다.

실패의 무게감, 성공의 환희

조나단에게 첫 도전 과제는 속도였다. 조나단은 6초 만에 시속 110킬로미터로 날다가, 얼마 뒤 10초 만에 시속 140킬로미터라는 눈부신 속도를 돌파한다. 하지만 급강하 후 수면과 평행으로 날기 위해 날개의 각도를 바꾸는 순간 벽돌처럼 단단한 바닷속에 처박히고 만다. 뼈아픈 실패. 날개가 찢어지고 몸은 천근만근 납덩이처럼 무거워진다. 실패의 무게감이란 원래 그렇게 육중하다.

이 장면에서 이카로스의 신화가 자연스레 떠오른다. 실패는 대개 자만의 산물이고, 이카로스의 신화에서는 자만의 끝을 볼 수 있기 때문이다. 그리스 신화에 등장하는 다이달로스는 미노스 왕이 다스리던 크레타 섬으로 도망쳐 들어갔다가, 그곳에서 왕의 노예와 사랑에 빠져 아들 이카로스를 얻는다. 다이달로스와 이카로스는 나중에 미궁에 갇히는 신세가 되는데, 둘은 탈출 계획을 세운다. 이른바 공중 탈출 작전이다. 다이달로스는 새의 깃털을 모아 실로 묶은 다음 밀랍으로 붙여 거대한 날개를 만든다. 그러고는 비행 직전 아들에게 일러둔다. 너무 높이 날지 말라고. 너무 높이 날면 태양의 열기 때문에 날개깃이 타버리게 된다고. 또 너무 낮게 날아도 바닷물에 깃털이 젖어버리니 안 된다고. 당부 뒤에 둘은 함께 힘차게 하늘로 날아올랐다. 그런데 아들 이카로스는 아버지의 충고를 잊은 채 태양 가까이 올라간다. 젊은이의 자만은 대개 통제가 안 되는 속성이 있지 않은가. 밀랍이 녹아버리는 건 순식간의 일이었다. 이카로스는 바다로 곤두박질치고 비극적인 최후를 맞이한다.

갈매기 조나단은 이카로스처럼 죽지는 않았지만, 바다에 추락하면서 죽음이나 다름없는 뼈아픈 체험을 했을 것이다. 조나단의 추락도 신화의 이카로스처럼 자만의 대가였다.

어쩌면 공포의 대가였을지도 모르겠다. 책의 저자 리처드 바크는 실제로 한때 비행기 조종사였다. 더구나 바크가 몰았던 비행기는 화물기나 관광용 경비행기 따위가 아니었다. 그는 놀랍게도 F84-F 전투기(이 기종은 6·25에도 참전한 비행기로 기록되어 있다.)를 몰았다. 음속에 가까운 초고속으로 전투기를 몰고 바다 위를 비행하는 조종사에게, 추락은 언제고 닥칠 수 있는 잠재된 두려움이 아닐 수 없다. 바크가 몰았던 기종에는 유사시 전술핵도 탑재하는 중대 임무까지 맡겨졌다고 하니, 조나단의 추락에는 그 시절 작가가 느꼈던 공포가 담겨 있을지도 모르겠다.

실패의 원인이 자만이었든 공포였든, 조나단은 실패 앞에 좌절하지 않는다. 조나단은 속도를 더 높인다. 시속 190킬로미터, 시속 220킬로미터……. 마침내 조나단은 시속 340킬로미터의 엄청난 속도로 수직 낙하 비행을 하기에 이른다. 갈매기로서는 상상조차 하기 어려운 고속이다. 최고의 한계였음은 물론이다. 갈매기의 역사에서 단 한 번밖에 없는 기록이다. 환희의 순간이었다.

이 속도는 실제로도 대단한 숫자이다. 미국의 보존생물학자 소어 핸슨Thor Hanson의 책 『깃털』에는 송골매의 속도 실험이 나온다. 900미터 상공에서 미끼를 떨어뜨리면 송골매는 순식간에 다이빙하여 먹잇감을 따라가는데, 시속 250킬로미터까지 속도를 높였다가 지면에서 불과 17미터밖에 떨어지지 않은 지점에서 아슬아슬하게 미끼를 낚아챈 다음 다시 수직 상승했다고 보고하고 있다. 그 속도를 중력가속도로 계산해보면 27G가 되는데, 고도로 훈련받은 전투기 조종사도 9G를 넘어서면 의식이 혼미해진다고 한다. 조나단의 고속 비행은 실로 대단한 성취였다.

조나단에 대한 심판 그리고 부조리한 세상

우여곡절 끝에 한계속도를 돌파한 조나단은 의기양양하게 갈매기 무리로 들어선다. 얼굴에는 희망과 기쁨이 가득 찬 채. 도착하고 보니, 갈매기들은 이미 회의를 소집하고 있었다.

"조나단, 한가운데로 나와 서라!"

연장자 갈매기의 일성이 들린다. 조나단은 중앙으로 걸어 나가며 생각한다. 내가 속도의 한계를 돌파하는 걸 모두 목격했겠지? 동료들이 얼마나 놀랐을까? 굳이 이렇게까지 해주지 않아도 되는데 말이야. 그런데 이런, 사태가 심상찮다.

"명예롭지 못한 심판을 받거라!"

최고 기록을 돌파한 자신을 심판대에 세우겠다니, 말이 안 되는 일이다. 명예의 전당에 올려도 부족한 일인데, 불명예 낙인을 찍으려 하다니. 불명예라면, 예컨대 도적질 잘하는 붉은부리갈매기 따위에 해당되는 얘기 아닌가? 붉은부리갈매기는 아주 예쁘게 생긴 갈매기이다. 싸움하고는 전혀 상관없을 듯 보이는 아름다운 갈매기인데, 놀랍게도 남의 먹잇감을 빼앗는 데에 선수다. 붉은부리갈매기가, 물고기를 낚아채는 제비갈매기를 보고 뒤따라가는 장면이 있다. 일종의 미행인데, 시시하게 뒤쫓는 게 아니다. 정말 죽기 살기로 집요하게 따라붙는다. 제비갈매기로서는 미칠 노릇이다. 계속 달아나다가 지칠 대로 지친다. 결국 물고 있던 먹이를 붉은부리갈매기에게 빼앗기고 만다. 이렇게 해적질을 하다 걸린 갈매기한테나 어울리는 심판을 자신에게 적용하다니, 조나단은 억울했을 것이다. 항변하고 싶었을 것이다.

"무책임하고 무모한 행동을 했고 (……) 갈매기 족의 존엄성과 전통을 파괴했으며……"

이쯤 되면 완전히 음모 수준이다. 문제는 말도 안 되는 심판이 벌어지는데도 그 어떤 갈매기도 조나단 편에 서지 않는다는 점이다. 누구 하나 갈매기 부족 회의의 결정에 항의하지 않는다. 이런 부당한 일에 아무도 나서지 않다니! 납득되지 않는 일이지만, 그것이 조나단이 살아가는 갈매기 사회의 진면목이다.

조나단이 속한 갈매기 사회는 작가가 살았던 미국의 1960년대와 닮았다. 그 시기 미국 사회는 어수선하고 혼탁했다. 베트남전 참전 때문에 대내외적으로 정치적 불안감이 크게 증폭되었고 제2차세계대전 직후 태어난 베이비붐 세대들은 이렇다 할 분출구가 없어서 거리로 뛰쳐나왔다. 평화와 반전反戰을 외치며 기성세대, 기존 질서와 충돌했다. 흑인에 대한 인종차별 문제도 당시 중요한 사회적 이슈였다. 1967년 미시시피 주에서 발생한 민권운동가 세 명의 죽음(이 사건은 「미시시피 버닝」이란 영화로 제작되었다.)으로 미국은 인종 문제의 늪에 빠지게 된다.

조나단에 대한 심판은 이 인종차별 사건의 수사 과정과 비슷하다. 민권운동가 세 명이 KKK단에 살해되었는데, 목격자로 나서는 이가 거의 없다. 사회적으로 잘못된 편견이 집단화될 때 얼마나 무서운지를 보여준다. 영국의 유명 철학자 버트런드 러셀Bertrand Russell의 할머니는 늘 손자에게 '다수의 사람들이 잘못을 저지를 때에 그들을 따라가서는 안 된다.'고 충고했다고 한다. 하지만 사회적 편견이 탄력을 받으면 개인은 입을 열기 어렵다. 수사에 나선

FBI에 협력하는 순간 KKK 단원의 폭력이 무차별적으로 가해진다. 누가 감히 입을 열 수 있을까? 누가 감히 희생자의 편에 설 수 있을까? 1960년대의 미국은 그렇게 돌아갔다. 부조리한 세상이었다.

조나단도 억울하고 부당하다고 소리 높였지만, 이미 판결은 내려졌다. 지난 수천 년 동안 물고기 대가리나 찾으며 살아왔던 삶을 버리고 더 큰 자유와 꿈이 있는 세상을 보여주겠다고 소리쳐도 소용없다. 사실 이 판결은 법리적인 차원의 판결이 아니었다. 일종의 괘씸죄였다고나 할까? 갈매기 부족을 이끄는 연장자들은 이미 조나단을 내칠 준비를 하고 있었다. 무리에서 이탈하는 것 자체가 그들에게는 곧 용서할 수 없는 배반이자 반역이었다.

"형제 관계는 다 깨져버렸다."

조나단과는 결코 같이 갈 수 없다는 선언이다. 조나단은 졸지에 무리에서 떨어져 살아야 하는 신세로 전락한다. 무리 지어 번식하는 갈매기에게 형제 관계의 단절은 곧 대를 끊어버리겠다는 형벌과 같다. 일종의 형제 살해라고도 할 수 있다. 나는 이 형제 살해를 실제로 목격한 적이 있다.

장호원에서 백로 둥지를 관찰할 때였다. 새끼는 네 마리였다. 어미는 물고기를 사냥해 와서는 새끼들에게 토해주었다. 번번이 두 형이 받아먹자 셋째가 막내를 공격하기 시작한다. 얼핏 보면 못 얻어먹은 것에 대한 셋째의 화풀이 같기도 하고 입을 하나 줄이겠다는 의도 같기도 했다. "너 때문에 내가 쫄쫄 굶고 있어야 하다니. 너

같은 놈은 없어져야 한다고!" 하면서 말이다. 형의 부리 공격에 속 수무책으로 당하던 막내 백로는 결국 둥지에서 떨어져 죽었다.(새들은 스스로 날기 전에 둥지에서 떨어지면 끝장이다.) 놀라운 것은 이 살해 장면을 어미 새가 못 본 체했다는 점이다. 어미는 딴청을 피웠다. 마치 "그건 너희들끼리 알아서 해라. 나는 못 봤거든." 하고 말하는 듯했다.

집단으로 살아가는 갈매기에게 무리와의 관계가 끝장났다는 것은 백로의 형제 살해나 다름없다.

완벽은 수치로 표현되지 않는다

조나단은 결국 무리에서 추방되었다. 기존의 질서를 따르지 않았다는 이유 하나만으로 조나단은 하루아침에 죄인의 굴레를 뒤집어썼다. 억울한 일이지만 조나단은 깨끗이 마음을 비운다. 추방당했다고 원대한 꿈을 저버릴 수는 없는 일 아닌가. 그것은 대단한 신념이요, 의지다.

외로운 비행 끝에 조나단은 마침내 천국에 이른다. 그리고 삶에서 가장 중요한 것이 무엇인지 깨닫는다. 가장 사랑하는 일을 추구하고, 완전한 경지에 이르러야 한다. 여기서 드디어 어린 나의 마음을 사로잡았던, 명구절이 등장한다. '가장 높이 나는 갈매기가 가장 멀리 본다.' 조나단은 더 완벽한 비행을 위해 더 높이, 더 빠르게, 날고 또 날았다. 그리고 깨닫는다. 공간을 초월하면 모든 장소가 바로 '이곳'이 되고, 시간을 초월하면 모든 시간이 바로 '지금'이 된다는 것을. 시간과 공간의 벽을 뛰어넘어야 진정한 자유를 찾게 된다는 뜻이다.

하고자 하는 일에 대해 느끼는 한계란 모두 숫자에 불과한 것이다. 완벽함이란 수치로 표현되는 것이 아니다. 완벽해지고자 한다면 우선 할 수 있다는 신념과 해낼 수 있다는 확신을 가져야 한다. 작가 리처드 바크는 인간 누구에게나 초월적 능력이 있다고 믿는다. 다만 그런 능력을 미처 발견하지 못한 채 살아갈 뿐이다.

조나단은 깨달은 것을 하나씩 실천해나간다. 이상과 목표를 실현했으면 누군가에게 그 가르침을 전해주는 것이 미덕이다. 깨달음을 얻은 선지자가 세상을 지도하는 것처럼. 조나단은 또 다른 갈매기 플레처에게 마지막 당부를 남긴다. 그리고 아른아른 사라진다. 구도자가 도를 성취하고 제자를 길러낸 다음 피안의 세계로 떠나는 듯한 아름다운 모습이다.

이야기의 결말까지 다시 감상하고 난 뒤 그간 촬영하고 관찰해온 새들의 모습을 하나씩 떠올려본다. 주인공 조나단 리빙스턴으로 갈매기 외에 또 어떤 새가 어울릴까? 수많은 새들을 만나왔지만 갈매기 말고 다른 새는 도무지 상상할 수가 없다. 일단 조류 가운데 갈매기만큼 완벽하게 진화한 새도 드물다. 무엇보다 환경 적응력이 뛰어나다. 갈매기는 오리처럼 물갈퀴도 갖추어 물에서 헤엄칠 수 있을 뿐 아니라, 뭍에서도 잘 돌아다닌다. 활강이나 선회비행 능력도 아주 뛰어나다. 그뿐인가. 못 먹는 게 없다. 부두에서 쏟아져 나오는 생선 부산물이나 생활 쓰레기도 갈매기 차지다. 갈매기는 맹금류처럼 고기도 찢어먹을 수 있다.(이건 대단한 진화다. 새는 매나 독수리처럼 갈고리 부리여야 고기를 뜯을 수 있다. 때까치는 작은 새로서는 드물게 갈고리 부리인데 이는 킬러 역할을 하도록 독특하게 진화한 경우다.) 여객선 꽁무니를 뒤따라가면서 과자 부스러기 하나도 남김없이 낚아채 먹기도 한다. 서식지는 또 어떤가. 남극에서 북극에 이르기까지 뭍과 물을 가리지 않는다. 전천후인 셈이다. 갈매기는 환경에 적응한 새는 끝까지 살아남을 수 있다는 교훈을 몸으로 보여주고 있다. 이쯤 되면 조나단 리빙스턴으로 갈매기 이상 누가 있을까?

그 철저한 적응력을 넘어, 이제 갈매기 조나단은 자유와 신념을 통한 자기완성의 길을 보여준다. 높이 나는 갈매기의 시선으로 사람들의 눈을 밝게 해준다. 오직 갈매기를 통해서만 상상할 수 있는 용기이자 희망, 자신감이다. 우리에게 갈매기라는 근사한 새가 있었다는 사실을 새삼스럽게 깨닫는다.

『갈매기의 꿈』이 출간된 지 벌써 사십여 년이 지났다. 조나단은 여전히 비행 중이다. 『갈매기의 꿈』은 현재를 비행하고 있는 우리의 모습이자, 앞으로 더 높이 더 멀리 비상해야 할 우리의 미래이다.

정본 윤동주 전집

윤동주 지음 | 홍장학 엮음 | 문학과 지성사 | 2004

윤동주의 동시가 펼쳐내는
영원하고 순수한 세계

김응교 시인, 문학평론가, 숙명여자대학교 교양교육원 교수

연세대학교 신학과를 졸업하고, 같은 학교 대학원에서 국문학 박사 학위를 받았다. 1987년에 《분단시대》에 시를 발표하면서 등단했고, 1990년에 《한길문학》에서 신인상을 받았다. 1991년에 《실천문학》에 「풍자시, 약자의 리얼리즘」을 발표하면서 평론 활동도 시작했다. 1998년에 일본 와세다대학의 객원 교수로 임용되어 이후 10년 동안 강의했다. 시집 『씨앗/통조림』과 강의록 『한일쿨투라』, 에세이집 『그늘』 등 다수의 저서가 있다. 옮긴 책으로 『이십억 광년의 고독』, 『다시 오는 봄』 등이 있으며, 고은의 시선집 『いま 君に詩が來たのか: 高銀詩選集』을 일본어로 번역하기도 했다.

윤동주 시인이 동시童詩 시인이라고?

　어린 시절엔 사실 윤동주의 동시를 읽은 적이 없다. 중, 고등학교 시절, 교과서에서 윤동주의 시를 많이 만났고 또 좋아했지만, 우리 세대가 아는 그의 시는 대부분 「서시」나 「십자가」, 「쉽게 씌어진 시」처럼 결연한 시들이다. 우리는 윤동주의 동시를 만나기는커녕, 이 시인이 동시를 썼다는 사실 자체를 전혀 모르고 지냈다. 나역시 그의 많은 시가 동시였다는 사실을 안 것은 그로부터 한참 뒤에 어른이 되고나서였다.

　시인의 동시를 알게 된 뒤, 나는 그 작품 한 편 한 편마다에 해설을 쓰고 싶은 욕망이 생길 정도로 시인의 동시를 좋아하게 되었다. 그리고 이 동시를 지금의 어린이들에게, 그리고 그의 동시를 어린 시절에 만나지 못한 어른들에게 널리 소개하고 싶다는 마음 또

한 갖게 되었다. 그래서 내가 어린 시절에 읽었던 수많은 감동적인 동화들을 뒤로하고, 윤동주의 동시에 대해서 쓰고자 한다.

놀랍게도, 시인 윤동주가 대학 입학 이전에 썼던 시들은 대부분 동시였다. 시인은 연희전문학교에 입학하기 전까지 동시를 더 많이 썼다. 시인이 남긴 시 119편을 구분해보면 시 일흔네 편, 산문시 여덟 편, 동시 서른일곱 편으로 동시의 수가 결코 적지 않다. 전체 작품의 삼십 퍼센트에 이른다. 모두 시인이 열여덟 살부터 스물한 살 때까지 쓴 시이다. 작품의 내용도 다채롭다. "나무가 춤을 추면 / 바람이 불고, / 나무가 잠잠하면 / 바람도 자오."(「나무」)처럼 화자의 단독성을 당차게 보여주는 시도 있고, "왜떡이 씁은데도 / 자꾸 달다고 하오."(「할아버지」)라며 달디단 왜떡お餠을 '씁다'(쓰다의 함경도 사투리)고 느끼는, 민족주의가 녹아 있는 동시도 있다. 전체적으로는 화려한 수식이 없고 토속적인 느낌이 강하다.

자연의 언어가 풍부한 동시들

윤동주는 아이의 마음을 갖고 있으면서 아름답고 순수한 시어로 동시를 썼던 시인이었다. 윤동주의 동심은 평범한 일상생활 속에서 발견된다. 어른이 보기에는 쓸데없는 순간에, 바로 그 순간의 의미를 살려내는 관찰력이 곳곳에 있다.

날짜가 정확히 쓰여 있는 윤동주의 첫 동시는 1935년 12월, 그러니까 시인이 열여덟 살 때 쓴 「조개껍질」이다. 의성어와 의태어를 활용하는, 윤동주 동시의 특징이 잘 드러나 있다.

아롱아롱 조개껍데기
울 언니 바닷가에서
주워 온 조개껍데기

여긴 여긴 북쪽 나라요
조개는 귀여운 선물
장난감 조개껍데기.

데굴데굴 굴리며 놀다,
짝 잃은 조개껍데기
한 짝을 그리워하네

아롱아롱 조개껍데기
나처럼 그리워하네
물소리 바닷물 소리.
　―「조개껍질―바닷물 소리 듣고 싶어」

시인은 모든 연의 첫 행을 '아롱아롱'의 네 글자와 '조개껍데기'의 다섯 글자에서 보듯 4.5조로 맞추고 있다. 또 1연은 아롱아롱, 2연은 여긴 여긴, 3연은 데굴데굴, 4연은 아롱아롱으로 규칙적인 리듬을 노래하고 있다. 아롱아롱, 울 언니, 귀여운 등 온화하고 다정다감한 어투에서 여성적 어조가 느껴진다. 의성어와 의태어가 어울려 자연스러운 일상의 풍경을 잘 그려낸 동시 한 편이다.

이 시에서 가장 중요한 상징은 '조개껍데기'이다. 아롱아롱, 데굴데굴 등 울림소리와 반복어로 분위기가 밝은데도 왠지 쓸쓸한 까닭은 조개껍질이 살아 있는 생명체가 아닌 빈 껍데기라는 사실 때문이다. 바닷물을 떠난 조개껍데기는 자기가 자란 바닷가의 물소리를 그리워한다. 죽어 껍데기만 남았는데도 고향을 그리워하는 조개껍데기의 결핍은 고향 만주를 떠나 평양의 숭실중학교로 유학 왔던 시인의 마음을 의미하는 상징이기도 할 것이다.

이 시를 쓰던 때에 시인의 고향 의식은 남쪽으로 향해 있었다. "짝 잃은 조개껍데기 / 한 짝을 그리워하네", "나처럼 그리워하네"라는 표현은 시인의 부서진 자아 의식을 잘 보여준다. 고향을 그리워하는 디아스포라의 '뿌리 뽑힌' 무의식을 그대로 표출시키는 구절이다. 자기가 사는 곳은 북쪽 나라라서 고향이 될 수 없으니, 바닷물 소리가 나는 남쪽의 고향을 그리워하는 것이다.

또 시인의 동시에는 자연적 언어들이 많다. 시인은 하늘, 잎새, 별, 구름, 가을, 꽃, 숲 등의 단어를 많이 썼다. 대체로 천상天上의 요소들이다. 비교컨대 시인 이상은 수학적인 언어를 많이 쓰고, 시인 정지용은 인공적으로 만든 조어를 많이 썼으나, 시인 윤동주는 자연을 상상하게 하는 자연적인 언어를 많이 썼다. 시인의 동시 중에서도 가장 대표적인 것으로 꼽히는 동시 「해비」를 한번 읽어보자.

아씨처럼 내린다
보슬보슬 해비
맞아주자, 다 같이
　　옥수숫대처럼 크게
　　닷 자 엿 자 자라게
　　해님이 웃는다.
　　나 보고 웃는다.

하늘 다리 놓였다.
알롱달롱 무지개
노래하자, 즐겁게
　　동무들아 이리 오나.
　　다 같이 춤을 추자.
　　해님이 웃는다.
　　즐거워 웃는다.
　　―「해비」

이 시를 대하면 먼저 '해비'라는 낯선 단어에서 멈칫하게 된다. 해비란 해와 비가 합쳐진 단어이다. 해가 내리쬐는데 내리는 비일 테다. 해비는 '호랑이 장가갈 때' 내리는 비처럼, 햇빛이 비치는데 잠깐 내리다 마는 비를 말한다.

이 장면을 생각만 해도 시의 정경이 살아난다. 햇살이 장글장글 내리쬐는 낮에 "아씨처럼 내린다. / 보슬보슬 해비"가 내린다. 그리고 그 해비는 햇살 속에서 "알롱달롱 무지개"를 만들어낸다. 보슬보슬, 알롱알롱 같은 표현을 쓰면서 시인은 "동무들아 이리 오나. / 다 같이 춤을 추자. / 해님이 웃는다."며 우주와 인간이 일체가 되어 즐겁게 웃는 모습을 그려낸다. 순수한 어린이의 입장에 서서 평화로운 세계를 상상하는 것이다.

1936년에 쓴 짧은 동시인 「개 1」과 「눈」에서도 자연 친화적인 요소를 볼 수 있다.

눈 위에서

개가

꽃을 그리며

뛰오.

—「개 1」

길이는 짧지만 이미지는 선명하다. 다만 이 동시는 중국 고전

「추구推句」에 실린 "개가 달리니 매화꽃이 떨어지고, 닭이 다니는 곳에는 대나무 잎이 무성하다.狗走梅花發 鷄行竹葉成"라는 글과 유사하다.

「눈」도 같은 시기에 쓴 동시이다.

눈이

새하얗게 와서,

눈이

새물새물하오.

—「눈」

4행짜리 문장이 시로 탄생하는 비밀은 "새물새물"이라는 표현에 있다. 함경북도 방언인 '새물거리다'라는 표현에 '눈부시다'라는 뜻이 있다는 것을 알면, 이 시는 전혀 다른 의미를 갖게 된다. 함경북도에는 '새물새물 웃다'라는 표현도 있다. 이것은 '입술을 약간 샐그러뜨리며 소리 없이 자꾸 웃는 모양'을 가리킨다. 그러니까 이 동시에서 눈은 마치 살아 있는 인격처럼 '새물새물 웃으면서 눈이 부신' 눈으로 독특하게 형상화되고 있는 것이다.

문제는 3, 4행이다. 여기에 나오는 눈은 눈송이雪일 수도 있지만 눈동자의 눈目일 수도 있다. 첫 번째 경우라면 마치 눈송이가 웃는 것 같은 느낌이 든다. 시인은 가끔 이렇게 사물을 시의 주인공으로 놓곤 한다. 두 번째 경우라면 동음이의어를 이용한 교묘한 말장난이라 볼 수 있다. 내리는 눈송이를 보면서 시인의 눈이 눈웃음을 짓는 아름다운 시이다. 둘 중 어느 쪽으로 해석할지는 독자의 마음에 달렸다.

시인은 누구나 공감하기 쉬운 자연적 언어를 많이 썼는데 그중에서도 '봄'은 시인의 동시에 여러 번 등장한다.

우리 애기는
아래 밭치에서 코올코올,

고양이는
가마목에서 가릉가릉

애기 바람이
나뭇가지에 소올소올

아저씨 해님이
하늘 한가운데서 째앵째앵.
—「봄 1」

'주어(~는) / 위치(~에서) / 의성어'라는 형식을 네 번 반복하는 간단한 구조의 시이다. 아기는 "코올코올", 고양이는 "가릉가릉", 의인화된 '애기 바람'은 "소올소올", 역시 의인화된 '아저씨 해님'은 "째앵째앵"으로 표현하고 있는 이 시는 현재 중학교 1학년 교과서에도 실려 있다. 이 시에 나타난 고양이, 애기 바람, 아저씨 해님은 그가 나고 자란 명동촌의 따스한 풍토를 상상할 수 있는 전원田園의 언어이다.

개나 닭도 시인이 자주 쓰던 대상이다. 1936년에 쓴 동시 「병아리」에서 시인은 '병아리'와 '엄마 닭'의 일상적인 모습을 통해 순수하고 맑은 서정을 보여주고 있다.

"뾰, 뾰, 뾰
엄마 젖 좀 주"
병아리 소리.

"꺽, 꺽, 꺽
오냐 좀 기다려"
엄마 닭 소리.
—「병아리」(부분)

'뾰뾰뾰'나 '꺽꺽꺽' 같은 의성어와 '~요'의 사용에서 시인의 순수함을 볼 수 있다. 병아리가 소나 개 같은 포유류처럼 젖을 달라고 하는 상상력도 재미있고 젖을 달라는 병아리에게 기다리라는 엄마 닭의 모습도 재미있다. 이 동시는 "좀 있다가 / 병아리들은 / 엄마 품으로 / 다 들어갔지요."라는 마지막 연으로 끝난다. 순수하고 따뜻한 마음을 공유하게 하는 동시이다.

명랑하고 용감한 동시 속 어린이들

시인의 동시에 등장하는 주인공들은 모두 독자적인 의지를 갖고 있는 명랑한 아이들이다. 이 점은 윤동주 동시의 중요한 특징이다.

> 나무가 춤을 추면
> 　바람이 불고,
> 나무가 잠잠하면
> 　바람도 자오.
> ─「나무」

「나무」는 1937년에 쓴 동시인데, 조금 이상하다. 일반적으로 바람이 불면 나무가 춤을 추고, 바람이 자면 나무가 잠잠해야 하는데, 시인은 거꾸로 생각하고 있다. 스무 살의 시인은 바람이 아닌, 나무의 시각에서 풍경을 본다. 주체를 흔들어대는 바람이 아닌 흙에 뿌리내리고 있는 나무가 주인이다. 나무가 단독자로서 오히려 바람이 흔들리고 있다는 놀라운 인식이다.

같은 시기에 발표된 「만돌이」에서는 시인 특유의 명랑함이 잘 나타나 있다.

만돌이가 학교에서 돌아오다가

전봇대 있는 데서

돌재기 다섯 개를 주웠습니다.

전봇대를 겨누고

돌 첫 개를 뿌렸습니다.

──── 딱 ────

두 개째 뿌렸습니다.

──── 아뿔싸 ────

세 개째 뿌렸습니다.

──── 딱 ────

네 개째 뿌렸습니다.

──── 아뿔싸 ────

다섯 개째 뿌렸습니다.

──── 딱 ────

다섯 개에 세 개……

그만하면 되었다.

내일 시험,

다섯 문제에, 세 문제만 하면——

손꼽아 구구를 하여봐도

허양 육십 점이다.

볼 거 있나 공 차러 가자.

그 이튿날 만돌이는

꼼짝 못 하고 선생님한테

흰 종이를 바쳤을까요

그렇잖으면 정말

육십 점을 맞았을까요

—「만돌이」

시험 기간이지만 놀고 싶은 아이 만돌이의 순수한 모습이 잘 드러나 있다. 만돌이는 만사태평한 개구쟁이이다. 내일이 시험인데 돌을 주워 전봇대에 맞추면서 성적을 점쳐보고 있다. 만돌이는 세 개의 돌을 전봇대에 맞췄으니 시험 점수가 육십 점이 나오기를 기대하고 공 차러 간다. 이런 명랑성이 독자를 즐겁게 해준다.

영원한 모성 회귀 본능

1935년 9월에 은진중학교 4학년 1학기를 마친 시인은 평양의 숭실중학교로 전학하지만, 편입 시험에 실패하여 3학년으로 들어간다. 이 학교, 저 학교를 전전하던 무렵에 쓰인 시에서는 디아스포라 이민자의 모습이 등장한다.

> 헌 짚신짝 끄을고
>
> 　　나 여기 왜 왔노
>
> 두만강을 건너서
>
> 　　쓸쓸한 이 땅에
>
> 남쪽 하늘 저 밑엔
>
> 　　따뜻한 내 고향
>
> 내 어머니 계신 곳
>
> 　　그리운 고향 집.
>
> —「고향집-만주에서 부른」

　　1936년에 쓰인 이 동시에는 두만강을 건너 북간도로 온 선조들의 이야기가 담겨 있다. 화자의 고향은 "남쪽 하늘 저 밑"에 있는 "따뜻한 내 고향", "내 어머니 계신 곳"이라고 표현되어 있다. 시인의 증조부가 십 대 초반의 아이였던 조부를 데리고 만주로 이민을 갔고, 만주에서 시인의 아버지가 태어났으니 시인은 이민 4세대의 아이였다. 이 사실을 생각한다면 이는 거짓말이다. 시인의 고향은 만주이지 "남쪽 하늘 저 밑"의 "따뜻한" 곳이 아니다. "헌 짚신 짝 끄을고" 여기에 온 화자 "나"가 이민 4세대인 시인이 아니라, 시인의 고조할아버지를 가리킨다면 말이 되지만 시인 자신이라면 이말은 거짓말이 된다. 시인은 왜 이런 거짓말을 했을까? 생존을 위한 이주를 단행했고, 이민지에서 또 다른 정체성을 형성하면서 살고자 애쓰는 디아스포라들이 그리워하는 남쪽의 고향 집을, 시인은 왜 이런 식으로 노래했을까? 당시 만주에 이주해 있던 조선인 문인들의 일반적인 향수로 이해해야 할까?

남쪽에 대한 동경, 혹은 남쪽을 자기 고향으로 표현하는 거짓말은 동시 「오줌쏘개디도」에도 나타난다.

빨래, 줄에 걸어논
요에다 그린디도
지난밤에 내동생
오줌쏴 그린디도.

꿈에가본 어머님게신,
별나라 디도ㄴ가,

돈벌러간 아바지게신

만주땅 디도ㄴ가,

―「오줌쏘개디도」[*]

얼룩진 요는 회화적인 소품이다. 식민지 시대 유민의 삶이 오
줌으로 얼룩진 요를 통해 드러난다. 엄마가 계신 별나라 지도냐고
묻는 낙천적인 질문에 돈 벌러 간 아버지 계신 만주땅 지도인가라
는 현실적인 질문이 충돌한다. 이 충돌에는 시인의 선조들이 겪었
던 만주 개척자의 꿈과 현실이 담겨 있다.

그런데 시인 자신이 화자로 드러난 이 시에서도 마치 시인의
고향이 남쪽인 것처럼 보인다. 현재 화자가 살고 있는 남쪽 고향에
서 이국으로 간 아버지를 그리는 상황이 그려진다. 윤동주는 모국
인 한반도에서 태어나지도 않았고, 거기 가 본 적도 없다. 이러한
태도는 당시 만주 지역에 있었던 조선인 시인들의 시에 나타나는
일반적인 고향 의식의 나르시시즘이 아닌가 하는 의견도 있다.

시인에게 충만해 있는 그 무의식은 모성 회귀 본능母性回歸本能
이라 할 수 있다. 인간은 영원한 안식처인 어머니의 품을 그리워한

* 이 인용문은 『윤동주 자필 시고전집』(민음사, 1999)에 나온 글을 인용한 것이라서 '지
도'가 '디도'로 표현되어 있다. 이 시는 1937년에 당시 중요한 문예 잡지였던 《카톨릭
소년》 1월 호에 발표되었는데 이때는 당시의 표기법에 맞추어 지도로 교정되어 발표되
었다.

다. 다시는 돌아갈 수 없는 어머니의 자궁을 그리워하듯이. 돌아갈 수 없다는 결핍으로 인해 그리움은 더욱 증폭된다.

하늘, 밤, 별과 같은 천상의 이미지들은 그 모성 회귀 본능을 더욱 증폭시킨다. 이 천상의 이미지들은 어두운 시대에 구원의 대상으로 우주관을 형성한다. 위 시에 나오는 "별나라"는 시인 자신이 꿈꾸는 그리움의 거울이기도 하다. 어둠 속에서 빛나는 별은 시인에게 희망이다. 지상의 한계를 벗어나 아름다운 것, 순결한 것, 열린 것, 꿈꿀 수 있는 것으로서의 천상적 질서에 도달하고자 했던 시인의 높디높은 영혼을 담아낸 역동적 상징물이다.

다른 시각이지만, 고향을 바라는 그의 모성 회귀 본능은 만주에 살면서도 조선인의 정체성을 끊임없이 추구하는 태도에서도 볼 수 있다. 가령, "대동강 물로 끓인 국, / 평안도 쌀로 지은 밥, / 조선의 매운 고추장"(「식권」, 1936년)이라는 표현처럼 그의 혀는 늘 강 건너 조선 반도로 향하고 있다. 그의 고향 의식은 맛뿐만 아니라 고향에 대한 기억을 회감回感시키는 여러 사물에 의해 되살아난다.

감자를 굽는 게지, 총각 애들이
깜박깜박 검은 눈이 모여 앉아서
입술에 꺼멓게 숯을 바르고,
옛 이야기 한 커리에 감자 하나씩.

산골짜기 오막살이 낮은 굴뚝엔

살랑살랑 솟아나네 감자 굽는 내.

—「굴뚝」(부분)

　이 동시에서처럼 고향은 감자를 굽는 풍경과 냄새로 회감되기
도 하고, 반대로 앞의 「조개껍질」에서 볼 수 있듯, 고향에 없는 조개
껍데기가 고향에 대한 그리움을 융기시키기도 한다.

대학 입학 후 동시에 나타난 변화들

1938년에 대학에 입학하면서 시인의 동시에도 변화가 일어난다. 대
학생이 된 이후, 현실의 비극을 맛본 시인은 더 이상 과거와 같은
동시를 쓰지 못한다. 이제는 외로움, 혹은 비판적 현실 의식이 동시
라는 형식에 들어가게 된다.
　입학 첫 해에 쓴 동시 「귀뚜라미와 나와」에는 시인의 외로움이
투영되어 있다.

귀뚜라미와 나와

잔디밭에서 이야기했다.

귀뚤귀뚤

귀뚤귀뚤

아무게도 알려주지 말고

우리 둘만 알자고 약속했다.

귀뚤귀뚤

귀뚤귀뚤

귀뚜라미와 나와

달 밝은 밤에 이야기했다.

——「귀뚜라미와 나와」

    2연과 4연에 반복되는 "귀뚤귀뚤"이라는 의성어가 친밀하게 다가온다. 귀뚤귀뚤이라는 간단한 의성어로 이 동시는 한없는 정겨움을 자아낸다. 1학년 때부터 윤동주는 현재 연세대학교 캠퍼스에 세워진 윤동주 시비 뒤편에 있던 건물에서 기숙사 생활을 한다. 지금은 윤동주 기념관으로 쓰이고 있는 이 오래 묵은 건물에 살던 시절, "달 밝은 밤에" 귀뚜라미는 시인에게 벗이었을 것이다.(8월 중순이나 10월 말에야 귀뚜라미 소리를 들을 수 있으니 이 시는 가을에 쓴 시가 아닐까 추측된다.)

시인은 귀뚜라미와 대화하고, 약속한다. 자신의 외로움을 귀뚜라미에 투영한다. 귀뚜라미는 시의 화자 "나"와 대화하는 상대이자, 둘이서만 알자고 약속하는 벗이기도 하다. 3연에서 시인은 "아무게도 알려주지 말고"라고 한다. 이런 공백 부분에서 독자는 무슨 약속일까 상상하게 되고 그 순간 시의 다른 한 부분이 완성되기 시작한다. 주목해야 할 것은 1연의 "귀뚜라미와 나와 / 잔디밭에서 이야기했다."는 구절이다. "나와"라는 단어를 빼고 "귀뚜라미와 / 잔디밭에서 이야기했다."라고 써도 되는데, 시인은 왜 굳이 "나와"를 넣어서 강조했을까? 이것은 이 시가 결국 "나"의 내면적 대화임을 암시한다. 이 시는 귀뚜라미에게 얘기하는 것이 아니라, 결국 자기 자신에게 약속하고 대화하는 시이다.[*]

시인이 대학 1학년 때 쓴 것으로 추정되는 다른 동시 「애기의 새벽」에는 좀 더 힘찬 모습이 나타난다.

우리 집에는

닭도 없단다.

다만

애기가 젖 달라 울어서

---

[*] 윤동주의 글에는 대명사 '나', '내' 같은 단어가 200번 가까이 사용되었는데 『윤동주 시어 사전』(연세대학교 출판부, 2005년, 32면)에서는 "자기 느낌, 체험, 명상, 고뇌, 소망, 다짐 등의 표현 주체를 일일이 밝혀 쓰다 보니 '나'의 쓰임이 많은 것"이라고 분석한다.

새벽이 된다.

우리 집에는
시계도 없단다.
다만
애기가 젖 달라 보채어
새벽이 된다.
　　—「애기의 새벽」

운율이 돋보이는 이 시에서 시인은 세상의 중심에 아기를 놓
는다. 닭도 없는 가난한 집이지만 세상의 중심인 아기는 새벽을 끌
어온다. 빈곤한 집에 시계도 없는데, 세상의 중심인 아기는 또 새벽
을 끌어온다. 새벽이라는 시간도 의미 깊다. 아기의 꿈과 절규로 새
벽이 다가온다는 표현은 얼마나 힘 있는 표현인가. 여기서 중요한
단어는 '다만'이라는 부사이다. 다만이라는 두 글자로 세상은 역전
된다. 꿈이 없던 세상이 '다만' 아이의 의지로 인해 긍정적인 '새벽'
으로 바뀌는 것이다.
　　하지만 같은 해에 쓰인 것으로 추정되는 「해바라기 얼굴」에는
슬픔의 미학이 드러난다.

누나의 얼굴은

해바라기 얼굴
해가 금방 뜨자
일터에 간다.

해바라기 얼굴은
누나의 얼굴
얼굴이 숙어 들어
집으로 온다.
—「해바라기 얼굴」

이제까지 이 시는 일터에 나가는 "누나"에만 초점을 맞추어 해석되어왔다. "누나의 얼굴은 / 해바라기 얼굴", "해바라기 얼굴은 / 누나의 얼굴"이라는 1, 2연의 첫 구절 때문에 이 시는 누나의 얼굴을 '해바라기'에 은유한 시로 해석되어왔다. 아침이 되면 고개를 들어 해를 바라보고 저녁이 되어 해가 지면 고개를 숙이는 해바라기의 모습이, 화자에게는 아침이 되면 일터에 나갔다가 저녁에 집으로 돌아오는 누나와 겹쳐 보였던 것이다.

그런데 시인의 친필 원고지를 보면 4행에서 "공장에 간다"라고 썼다가 '공장'이라는 글자를 지우고 '일터'로 고친 흔적이 보인다. "공장에 간다"와 "일터에 간다"는 그 어감이 전혀 다르다. 공장이라고 하면 도시적인 자본주의를 떠올릴 수 있지만, 일터라고 하면 농촌의 논밭도 포함되기에 사회적 분위기가 전혀 다르게 상상된다. 그런데 시인은 왜 공장이란 단어를 지웠을까? 이는 당시의 파시즘 사회에 대한 시인 자신의 검열을 보여준다. 그렇다면 이제 "해바라기 얼굴"의 의미는 전혀 달라진다. 공장에서 늦게 돌아오는 누나의 얼굴을 해바라기에 비유한 것은 비극적 아름다움을 드러낸다. 시의 형태는 분명 동시지만, 이 시에는 이미 아이보다는 어른이 느끼는 자본주의에 대한 환멸이 숨어 있다. 해바라기로 은유되는 누나의 모습은 피곤과 연결되어 슬픔의 미학이 증폭된다.

시인은 왜 동시 쓰기를 그만두었나

또 이 부분을 단서로, 우리는 시인이 이후 동시를 쓸 수 없게 된 이유를 추론해볼 수 있다. 시인 윤동주의 작품 연보를 보면, 1939년, 즉 연희전문학교 2학년 때부터 동시가 거의 나타나지 않는다. 시인의 동시 쓰기는 2학년 때부터 중단된다. 전문가들은 대학에 입학하게 되면서 동시보다 전문적이고 깊이 있는 시를 선택했을 거라고 추론하지만 「해바라기 얼굴」의 원본은 그보다 더 결정적인 단서를 보여주고 있다. 즉 자유롭게 표현할 수 없는 자기 검열의 억제가 시인으로 하여금 더 이상 동시를 쓸 수 없게 했을 것이다. 동시의 중요한 미학은 명랑성인데, 이제 시인의 마음에는 명랑성이 있던 자

16 정본 윤동주 전집

241

리에 비극성이 채워진 것이다. 시인은 비극적인 시를 쓸 수는 있었지만, 비극적인 동시를 쓸 수는 없었을 것이다.

비록 스물한 살을 끝으로 시인은 더 이상 동시를 쓰지 않지만, 그간의 작품만으로도 그는 아주 훌륭한 동시 시인이다. 동시를 발표할 때면 시인은 필명을 '동쪽의 배' 즉 동주東舟, 혹은 '배를 탄 아이童舟'라고 표기하기도 했다. 시인 스스로도 동시 시인으로서의 정체성을 가지고 있었음을 알게 하는 부분이다.

동시 시인으로서 윤동주 작품의 특징을 요약해 보자면 이러하다. 첫째, 시인의 동시는 음악성을 갖고 있다. 시인은 리듬을 적절히 조절하고 의성어와 의태어를 잘 섞어 씀으로써 음악성을 만들어낸다. 둘째, 자연 친화적이다. 특히 시인은 별, 달, 해, 비와 같은 천상의 요소들을 통해 영원성이나 무한한 아름다움을 노래하고 있다. 셋째, 명랑하고 밝은 아이들이 등장한다. 동시 속의 아이들은 자기 판단력을 갖고 있는, 단독성을 가진 주체로 등장한다. 또 평범한 일상생활 속에서 의미를 포착해낸다. 이 천진한 동심은 어른이 보기에는 사소한 것에서도 새로움을 발견하는 관찰력을 지니고 있다. 넷째, 모성 회귀 본능을 갖고 있다. 시인의 동시는 자기 고향을 찾아가는 모험의 시라고 할 수 있겠다. 영원한 안식처인 어머니의 품으로 향하는 시편들이다.

시인의 동시는 세 가지 이미지에 의해 형성되어 있다. 하늘, 별, 달, 해비, 바람 등이 등장하는 자연적 이미지, 엄마, 아빠, 누나, 고향 등이 등장하는 가족적 이미지, 지도, 음식, 놀이 등이 등장하는 일상적 이미지가 그것이다. 이 세 이미지들이 서로 어울리며 영원하고 순수한 세계, 가 보지 못했던 따뜻한 고향, 다시는 돌아갈 수 없는 어머니의 자궁 같은 영원한 공백을 무한하게 그려내고 있다. 윤동주의 동시는 맑고 순수한 어린이의 마음을 넘어, 영원히 다가갈 수 없는 근원을 추구한다.

윤동주는 우리에게 이토록 귀중한 동시 시인이다.

다시
동화를 읽는다면

우리 시대 탐서가들의 세계 명작 다시 읽기

1판 1쇄 펴냄 2014년 5월 2일
1판 6쇄 펴냄 2019년 11월 29일
지은이 고민정 권오준 김용언 김응교 김진애 김혜리 류동민
       안미란 안소영 오영욱 우석훈 이용훈 이정모 장석준
       정혜윤 황경신 홍한별
펴낸이 박상준
편집인 김희진
책임편집 김선아
펴낸곳 반비

출판등록 1997. 3. 24.(제16-1444호)
(우)06027 서울특별시 강남구 도산대로1길 62
대표전화 515-2000, 팩시밀리 515-2007
편집부 517-4263, 팩시밀리 514-2329

ISBN 978-89-8371-668-2 03810

반비는 민음사 출판 그룹의 인문 · 교양 브랜드입니다.
블로그 http://banbi.tistory.com
페이스북 http://www.facebook.com/Banbibooks
트위터 http://twitter.com/banbibooks